弘源 홍원

신가 新무협 판타지 소설

FANTASTIC ORIENTAL HEROES

홍원 6

신가 新무협 판타지 소설

초판 1쇄 찍은 날 § 2017년 8월 18일
초판 1쇄 펴낸 날 § 2017년 8월 25일

지은이 § 신가
펴낸이 § 서경석

편집책임 § 이지연

펴낸곳 § 도서출판 청어람
등록번호 § 제387-1999-000006호
등록일자 § 1999. 5. 31
어람번호 § 제2-2718호

주소 § 경기도 부천시 부일로 483번길 40 서경B/D 3F (우) 14640
전화 § 032-656-4452 팩스 § 032-656-4453
http://www.chungeoram.com
E-mail § chungeorambook@daum.net

ⓒ 신가, 2017

ISBN 979-11-04-91427-0 04810
ISBN 979-11-04-91291-7 (세트)

弘源

홍원

6

신가 新武俠 판타지 소설

FANTASTIC ORIENTAL HEROES

도서출판 청어람

弘源
홍원

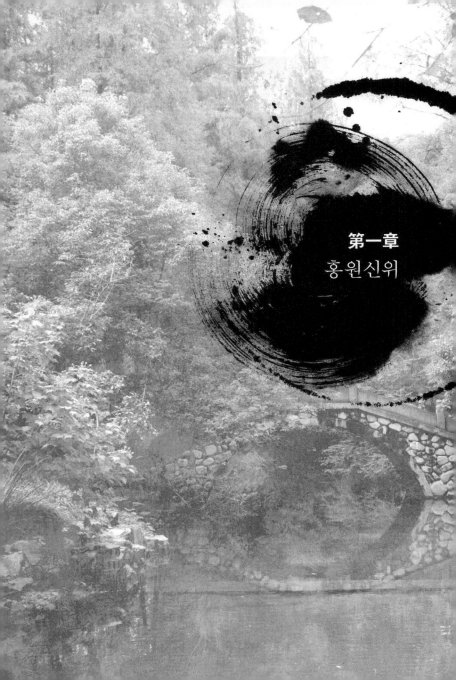

第一章
홍원신위

　하얀빛이 사방으로 춤을 춘다. 이곳에서 번쩍인다 싶으면 어
느새 저곳의 무사들이 추풍낙엽처럼 쓰러지고 있었다.

　빠르고 정확했으며 거침이 없었다.

　당하는 입장에서 보면 무섭고도 잔인한 빛이다.

　홍원은 쉬지 않고 움직이며 검을 휘둘렀다.

　일 검에 서너 명의 무사들이 쓰러졌다. 말도 예외는 없었다.

　짙은 피비린내가 진동을 하고 있었다.

　그것은 모두 적혈대와 흑혈대 무사들이 흘린 것이었다.

　"어, 어떻게……."

　"저, 저……."

　적혈대주와 흑혈대주는 눈앞에 펼쳐진 광경을 믿을 수 없다는 듯 두 눈을 부릅떴다.

환상이었으면, 꿈이었으면 그렇게 간절히 바랐다.

그러나 이것은 분명한 현실이다.

자신들의 부하들이 무참히 도륙당하는 현실이다.

어찌 인간이 저럴 수 있단 말인가.

자신들의 상상을 넘어서는 강함이다. 그리고 잔인했다.

검선의 제자라고는 믿기지 않은 움직임이었다.

이것은 싸움이 아니고 일방적인 살육이었다. 살기 짙은 검을 사방에 휘두르는 악마가 있었다.

"저것이 검선의 제자인가……."

적혈대주는 모든 것을 포기한 듯했다.

"이곳이 우리 죽을 자리로군."

흑혈대주의 눈의 떨림이 어느새 멎었다. 눈앞에 펼쳐진 광경을 인정하고 받아들이기로 했기 때문이다.

"검선의 제자라기에는 살기가 너무 강해."

적혈대주의 말대로였다.

어느새 슬금슬금 전장을 이탈하려는 부하들도 보였다. 겁에 질린 것이다.

그 부하를 탓할 마음은 없었다. 어떤 심정인지 이해가 갔기에.

이곳에서 계속 저 괴물과 싸우는 것은 애꿎은 부하들의 목숨만 빼앗은 짓이다. 흑혈대주가 자신의 창을 높이 들었다.

내공을 잔뜩 모아 크게 소리쳤다.

"전군! 후퇴! 최선을 다해 살아남아라!"

땅을 떨어 울릴 큰 소리였다. 다만 외침의 기세와 그 내용이
너무나 어색했다.

저리도 당당히 후퇴를 명령하다니.

그 명령을 기다렸다는 듯 적혈대와 흑혈대의 생존자들은 최
선을 다해 달렸다.

어떻게든 홍원에게서 조금이라도 더 멀어지기 위해 전력을
다해 사방으로 흩어졌다.

어떤 이는 경천회 쪽으로, 어떤 이는 사혈궁 쪽으로, 어떤 이
는 북쪽으로, 남쪽으로.

그야말로 사방으로 뿔뿔이 흩어져 달렸다.

전투에 패해 후퇴하는 무사들이 아니었다. 공포에 질려 도주
하는 이들이었다.

홍원은 잠시 호흡을 고르며 주변을 둘러보았다.

처참했다.

사람과 말의 시체가 평원에 그득했다.

이제 남은 이는 단 두 사람이었다.

적혈대주와 흑혈대주.

그들은 부하들에게 후퇴를 명하고 그 자리를 지키고 있었다.

사방에 먼지구름이 일었다. 도주하는 자들이 만들어내는 먼
지구름이다.

약한 먼지구름이었지만 주변을 완벽하게 둘러싸고 있었다.
사방팔방으로 달려간 이들 때문이다.

홍원은 멀어져 가는 자들은 잠시 훑었다. 굳이 뒤쫓을 생각

은 없었다.

살겠다고 도망치는 이들을 굳이 쫓아 죽일 만큼 살기에 취하지도 않았다.

그러나 어느새 살기가 다시 강해졌다.

처음의 십분지 일 정도의 크기로 줄었으나, 지금은 오분지 일 정도다.

이들을 상대할 때 굳이 검법을 사용할 필요가 없었다.

그저 허점을 향해 검강으로 벤다.

그것이면 충분했기 때문이다.

무유팔절검해를 사용했다면, 이렇게 살기가 쌓이지 않았으리라. 그리고 이렇게 처참한 광경도 없었을지도 모른다.

"자네, 엄청나군."

이미 죽음을 받아들였기 때문일까.

적혈대주의 어조는 담담했다. 그리고 홍원을 대하는 태도도 달라져 있었다.

이런 무시무시한 모습을 보았으니 당연하다면 당연한 반응이었다.

"저도 놀랐습니다."

홍원 또한 달라져 있었다. 잠시 끌어다 쓴 살기를 갈무리했다.

이번 싸움에서 알 수 있었다.

자신이 제어할 수 있는 살기의 양은 이 싸움이 시작되기 전의 그 정도라고.

싸움이 진행되면서 살기가 쌓일수록 홍원은 조금씩 그 살기에 취했다.

'조심해야겠어.'

적들의 도주가 조금 더 늦었다면, 어쩌면 도망치는 자들까지 도륙했을지도 모를 일이다.

"검선의 제자라고 하기에는 손속이 너무 잔인하구만."

흑혈대주가 눈을 찌푸리고 말했다.

"저를 죽이려는 적들에게 자비를 베풀 생각은 없습니다만."

홍원의 대답에 흑혈대주는 고개를 저었다.

"자네 정도면 우리가 자네의 목숨을 노리지 않았다는 것을 알았을 텐데?"

"대신 사로잡혀 교상번 앞에 끌려가 그놈에게 죽었을 테지요."

홍원이 싱긋 웃었다.

두 사람은 거기까지는 모른다.

그저 잡아오라는 명령을 받고 잡으러 왔을 뿐.

"우리야 명령에만 따를 뿐, 그 뒤는 모르지. 하지만 이렇게 떠나간 부하들의 원한은 갚아줘야지."

적혈대주의 창이 홍원을 향했다. 그의 창끝에서 푸르스름한 기운이 솟아났다.

강기를 이루기 직전의 단계였다.

흑혈대주의 창 역시 홍원을 향했다. 그의 창에는 강기가 어렸다.

흑혈대주가 적혈대주보다 한 수 위의 실력을 가졌다.

두 사람이 탄 말이 천천히 움직였다.

그들의 무공은 기마 상태에서 사용하기에 최적화된 것이었다. 두 마리의 말이 충분한 거리를 둔 채 홍원을 가운데 두고 마주 보고 섰다.

홍원은 자신의 앞에 마주선 흑혈대주를 지켜보았다.

홍원의 검에 다시금 새하얀 강기가 서렸다.

다그닥, 다그닥.

말발굽 소리가 울리며 두 사람은 전속력으로 홍원을 향해 돌진했다.

홍원도 동시에 앞으로 달려 나갔다.

적을 향해 곧게 날아오는 창.

홍원의 검이 그 창과 부딪혔다.

쾅!

충격과 함께 흑혈대주가 몸을 휘청였다 싶은 순간, 어느새 홍원이 몸을 날려 그의 앞에 나타났다.

"크윽."

흑혈대주는 즉시 왼손으로 허리춤의 짧은 유엽도를 뽑아 홍원을 향해 휘둘렀다.

그러다 애꿎은 허공만 갈랐다.

몸을 띄운 상태에서 허공을 밟아 가볍게 유엽도를 피한 홍원의 검이 흑혈대주의 심장을 찔렀다.

그 순간 등 뒤에서 강렬한 기세를 뿌리며 적혈대주의 창이 날아들었다.

적혈대주의 모든 내공을 한 점에 모은, 그야말로 일격필살의 한 수였다.

홍원이 그대로 앞으로 달려 나가면 적혈대주의 찌르기를 피할 수 있었다.

현재 상태에서 그의 간격을 벗어나는 것은 그야말로 손쉬운 일이었다.

적이 일격필살의 의지로 모든 힘을 한 점에 모은 것을 느낄 수 있었다. 그런 공격에는 맞상대를 해주고 싶었다.

순식간에 몸을 돌린 홍원은 흑운으로 적혈대주의 창을 마주 찔렀다.

검극과 창극.

창극과 검극.

허공의 한 점에서 정확히 점과 점으로 맞부딪혔다.

새하얀 강기를 머금은 새까만 검과 푸르스름한 기운이 형체를 이룰 듯 말 듯한 상태의 새하얀 창.

지극히 작은 한 점에서 거대한 기운과 기운의 충돌이 일어났다.

쾅!

거대한 폭음이 울리며 적혈대주는 그대로 뒤로 날아갔다.

그의 창은 산산조각 나며 흩어졌다.

허공에는 홍원의 검만이 오롯이 칠흑 같은 검신을 뽐내며 남아 있었다.

"커헉."

바닥에 널브러진 적혈대주의 입에서 검붉은 피가 터져 나왔다. 그의 말도 폭발의 충격에 멀리 쓰러져 있었다.

선천진기는 물론 자신의 생명력까지 몽땅 담은 일격이었다.

그것이 이리도 허무하게 막히다니.

홍원이 적혈대주에게 다가왔다.

"제법이었습니다."

홍원의 팔이 살짝 떨렸다.

적혈대주는 그 모습을 분명히 보았다.

"크윽, 겨우 그 정도인가……."

힘없이 말하는 그였지만, 입가에는 작은 미소가 어렸다.

홍원이 그런 적혈대주를 잠시 내려다보다 몸을 돌렸을 때, 그의 생도 다했다.

홍원은 묵묵히 사혈궁을 향해 걸음을 옮겼다.

그의 몸에 밴 비릿한 혈향은 걸음을 디딜 때마다 조금씩 바람에 날아갔다.

홍원이 사혈궁으로 향한 덕에 위지천악은 마황성과의 전장으로 향할 수 있었다.

그곳에 도착한 그는 가장 먼저 접한 보고에 황당한 얼굴을 했다.

"평이가 없어져?"

"네."

그 말을 전한 문명후는 어두운 얼굴이었다.

전선의 전투는 아직 본격화되지 않았다. 날이 갈수록 치열해지고는 있지만, 아직은 탐색전 수준이다.

그런데 사형이 어느 날 사라졌다.

아무런 흔적도 없었다.

마황성의 납치인지도 몰랐기에 철저히 수색했으나 아무런 단서도 찾을 수 없었다.

"흐음."

위지천악이 생각에 잠겼으나, 그로서도 알 수 없는 일이다.

"모르겠군. 이런 일은 심온이 해결해야지. 회에는 보고했느냐?"

자신이 회를 떠나 이곳으로 오는 사이에 보고가 도달했을 수도 있다.

"네. 아직 아무런 답변이 없습니다."

"거참, 그 착실한 녀석이……."

위지천악은 알 수 없다는 얼굴로 고개를 갸웃거렸다.

"혹, 마황성 놈들의 소행은……."

문명후의 얼굴에는 걱정이 가득했다. 그러고 보니 얼굴이 반쪽이 되어 있었다.

유독 제 사형을 존경하고 잘 따르던 아이였으니 어쩌면 당연한 일이다.

"그럴 일은 없을 것 같구나. 흔적도 없이 본진에 들어와서 흔적도 없이 평이를 납치해 간다? 그건 죽림도 어려울 일이야."

위지천악은 단정적으로 말했다.

간단했다.

자신이 그것을 시도한다고 가정하고 심상 속에서 시도를 해

보았으나 실패였기 때문이다.

"하면 사형이 왜 사라졌단 말입니까?"

문명후는 몹시 답답한 듯했다. 스스로 사라진 것이라면 편지라도 한 장 있어야 하지 않은가.

"알 수 없구나. 일단 최대한 조사를 하는 수밖에."

그 조사라는 것도 이제는 할 만큼 했기에, 문명후의 어깨가 아래로 축 쳐졌다.

"평이의 일도 큰일이다만… 우리는 적을 눈앞에 두고 있다. 모든 일에는 우선순위가 있는 법이다. 당장 우리가 할 일은 적을 쓰러뜨리는 거다."

위지천악의 기세가 일변했다.

그럴 수밖에 없었다. 적을 눈앞에 두고도 사형이 사라졌다고 저리 의기소침해져 있는 모습이라니.

아닐 말이다.

경천회주의 둘째 제자가 겨우 이 정도라니.

"명후, 네 녀석. 그릇이 이리 작았더냐?"

이어진 호통.

"아, 아닙니다."

문명후는 깜짝 놀란 얼굴로 머리를 세차게 저었다.

"계속해서 국지적인 탐색전만 일어나서 그러는지 모르겠다만, 우리는 회의 존망을 걸고 싸우러 나와 있다. 평이가 사라진 것도 큰일이지만, 그것은 나중 일이야. 회에 보고를 했으면 문상의 조치를 기다려라. 그리고 눈앞의 적에게 집중해."

"네."

"사형이 사라졌다고, 얼굴이 반쪽이 될 정도로 자기 관리를 못 하다니. 네놈은 아직도 십 년 전의 아이더냐."

"아닙니다."

문명후의 얼굴이 붉게 물들었다.

"가봐라. 이 일은 회의 결정을 기다리고 내일 어찌 싸울 것인가 고민해."

"알겠습니다."

문명후가 사라지자 위지천악은 깊은 한숨을 쉬었다.

다른 이도 아니고 회주의 대제자가 사라졌다. 대체 이게 무슨 일이란 말인가.

"정말 아무 흔적도 없는가?"

위지천악이 옆에 앉은 모용중호를 돌아보며 물었다. 여태껏 잠자코 있던 그는 가만히 고개를 저었다.

"아무래도 본인이 스스로 떠난 것 같습니다. 그게 아니고는 이렇게 감쪽같이 사라질 수 없지요."

위지천악 자신도 어쩌면 혹시나 하던 생각을 모용중호가 입 밖으로 내었다.

"그럴 이유가 없지 않은가?"

"그래서 답답한 것 아니겠습니까."

문명후의 수준에서는 알지 못할 일이다.

모용중호나 위지천악 정도의 고수가 되어야, 외부인이 아무런 흔적도 없이 사도평을 납치하는 것은 불가능하다는 판단을 내릴 수 있다.

그들이 시도한다는 가정으로 길을 찾아보면 불가능함을 깨닫게 되니.

사도평은 고작 여덟의 나이에 회주의 제자가 된 아이다.

거의 키우다시피 기른 제자가 아닌가.

"회주께서 심려가 크시겠어……."

위지천악이 걱정스레 중얼거렸다.

"태자 전하를 뵙습니다."

황제의 영역에 들어서자 복면을 한 열 명의 사내가 사도평을 향해 무릎을 꿇었다.

"저는 천선문으로 돌아가야 합니다."

무영이라 불린 사내가 사도평에게 허리를 숙이며 말했다.

"후우, 북방까지 나를 감시할 자들이로군."

"아, 아닙니다. 어찌 저희가 감히."

사도평의 말에 열 명의 사내는 화들짝 놀랐다.

"북방까지는 먼 길입니다. 혹여 무슨 일이 있을지 알 수 없습니다. 숙부의 안전을 위해서입니다."

무영의 말에 사도평은 쓴웃음을 지었다. 그리고 뒤를 돌아보았다.

그 시선의 끝은 마황성과 경천회의 전장이 있을 것이다.

사도평의 두 눈이 애잔하게 떨렸다.

'지금쯤 난리가 났으려나?'

잠시 생각을 떠올렸던 사도평은 이내 고개를 저었다.

사부는 그런 분이 아니시다. 지금은 자신의 실종보다 마황성과의 싸움이 더 큰일이다. 아마 자신이 사라진 일에 대한 조사는 차후로 미뤄질 공산이 컸다.

그야말로 절묘한 시기에 자신을 빼낸 것이다.

"그럼 몸조심해서 가십시오, 숙부. 폐하께서 무척이나 기다리시고 계십니다."

그 말은 남기고 무영은 사라졌다.

경천회의 중심에서 아무런 흔적도 없이 사도평을 빼오기 위해 무영이 나선 것이다. 오직 그만이 가능했기에.

이제 사도평을 북방으로 안내하는 것은 이곳에 있는 열 명의 사내의 일이다.

"그럼 어서 가자. 할아버지께서 애타게 기다리신다 하니."

열 명 중 무리의 대장인 사내가 앞으로 나서 안내했다. 그 뒤를 따라가니 사두마차가 준비되어 있었다.

적당히 어디서나 볼 수 있는 외관이었다.

"오르시지요."

하지만 마차 내부는 달랐다.

온갖 장치와 장식들로 호화롭고도 편안하게 만들어져 있었다.

두 사람이 마부석에 오르고 여덟은 말에 올랐다.

그렇게 그들은 빠르게 북쪽으로 달렸다.

숭무련의 영역을 거쳐 북쪽 사막으로 향할 것이다.

홍원과 사혈궁의 싸움.

천하에 그 소문이 빠르게 퍼졌다. 사혈궁의 영역에 있는 평원에 널브러진 무수한 시체들과 도주한 자들의 이야기 때문이었다.

적흑혈대와 홍원과의 전투 결과에 교중학은 대노했다.

"이게 대체 무슨 일이란 말이냐!"

그의 분노에도 무어라 말하는 사람은 없었다. 그럴 수밖에 없었다.

이번 일은 전적으로 그가 진행한 것이다.

적혈대와 흑혈대를 보낸 것도 그였다.

그에게 반대한 사람은 단 하나였다. 그의 아들 교하운.

대전에 모인 무수한 부하들은 교중학에게 아무런 말도 못하고 있었다.

홍원에게서 도망친 자들 중 보고를 위해 사혈궁으로 돌아온 흑혈대의 무사는 납작 엎드려 부들부들 떨고 있었다.

"문상!"

교중학의 외침에 문인백송이 허리를 숙였다.

"네."

"어찌해야 하겠는가?"

일을 벌인 것은 궁주였음에도, 이제 수습은 문상의 몫이 되었다.

"저 친구의 이야기를 들어보면, 검선의 제자는 어차피 본 궁으로 올 것입니다."

다들 고개를 끄덕였다.

"대처하는 방법은 세 가지입니다. 하나는 이곳으로 오는 길목에서 공격하는 방법, 다른 하나는 궁내로 끌어들여 기관진식과 함께 공격하는 방법, 마지막으로 그냥 돌려보내는 방법입니다."

"그냥 돌려보낸다고?"

"대체 어떻게?"

문인백송의 말에 사람들이 웅성거렸다. 마지막 방안 때문이다.

"돌려보내?"

교중학의 눈이 사납게 빛났다. 마지막 방안이 그의 귀에 거슬린 것이다.

"장홍원, 그자를 본 궁으로 보내라 경천회에 요구한 것은 경천회가 보내지 않을 것이라 예상했기 때문 아니십니까? 마황성과 싸우고 있는 경천회의 뒤를 치기 위한 명분을 만들기 위해서요."

문인백송은 교중학의 사나운 눈빛에도 꼿꼿이 서서 자신의 말을 이어나갔다.

"그렇다면 그가 사혈궁으로 오겠다 했을 때 이미 그 계획은 실패한 것입니다. 그걸로 그의 효용은 사라졌습니다. 한 가지 남아 있다면, 소공자의 원한에 대한 복수 정도겠군요."

몇몇이 작게 고개를 끄덕이다가 교중학의 시선이 슬며시 향하자 딱딱하게 굳었다.

"그가 제 발로 우리에게 와서 그를 벌할 수 있다면 그걸로도 좋습니다. 경천회를 치기 위한 명분은 다시 만들 수도 있습니다."

사람들은 점차 문인백송의 설명에 빠져들었다.

"하지만 첫 충돌에서 모든 것이 어그러졌습니다."

"왜지?"

잠자코 듣기만 하던 교중학이 물었다.

"그가 강해서입니다."

교중학이 얼굴을 살짝 찌푸렸다.

"강하다라……."

그 말이 거슬렸다. 이제 고작 이립(而立)을 넘긴 어린 녀석이다. 그런 녀석이 강해서 자신의 계획이 어그러졌다니.

"단신으로 본 궁의 적혈대와 흑혈대를 박살 냈습니다. 본인은 별다른 피해도 없이요. 저자의 보고를 들어보니, 거의 학살하다시피 했군요."

바닥에 엎드려 있는 흑혈대의 무사는 학살이라는 말에 몸을 흠칫 떨었다.

그때의 악몽 같은 기억이 다시 떠오른 것이다.

"적혈대와 흑혈대는 본 궁의 강력한 기마전투부대입니다. 적들을 섬멸할 목적으로 만들어진 이들입니다. 그들 삼백이 단한 사람에 의해 사라졌습니다. 이 자리의 그 누가 그리 손쉽게 적혈대와 흑혈대를 상대할 수 있겠습니까?"

저마다 자신이라면 어떻게 했을지 상상해 보았다. 그것은 교중학도 마찬가지였다.

다들 고개를 절레절레 저었다.

교중학의 얼굴도 딱딱했다.

'가능은 하지만… 그렇게 멀쩡한 모습은…….'

인정하기 싫었다.

검선도 아니고, 검선의 제자가 자신보다 강할 수 있다는 사실을 말이다.

이를 질끈 물고 주먹을 꽉 쥐었다. 그러나 표정만은 최대한 무심하게 하려 했으나, 이미 그의 얼굴을 본 이들은 대강 짐작할 수 있었다.

"그는 궁주님 못지않게 강합니다."

문인백송이 단호히 말했다. 그의 생각에는 궁주보다도 강했지만, 궁주 앞에서 대놓고 그렇게 말할 정도로 생각이 없진 않았다.

적혈대, 흑혈대와의 싸움에 대한 이야기만으로 궁주 스스로도 알아챘을 거라 믿었다.

"그런 그와 싸운다면, 설령 이긴다 하더라도 본 궁의 피해가 막심할 것입니다."

다들 고개를 끄덕였다.

"그렇게 되면 본말이 전도됩니다. 그를 요구했던 이유를 생각해 보십시오. 경천회를 치기 위한 명분이었습니다. 그런데 그와 상대하며 전력의 손실을 입는다면, 경천회를 칠 수 없습니다. 그렇다면 대체 왜 그를 본 궁으로 부른 겁니까?"

문인백송은 교중학을 똑바로 바라보았다.

그의 두 눈은 교중학에게 결단을 내리라고 말하고 있었다.

"저는 마지막 방법이라 말씀드렸습니다만, 그를 돌려보내는 것이 본 궁을 위한 최선의 방법이라 생각합니다."

천천히, 하지만 단호히 말하는 문인백송이었다. 교중학은 그를 지그시 보았다.

"그를 돌려보내려면 어떻게 해야 하지?"

"그에게 숙여야 합니다."

문인백송의 대답에 교중학이 피식 웃었다.

"고작 한 명에게? 우리 사혈궁이?"

"본 궁의 전력을 유지하기 위한 최선의 방법입니다."

두 사람의 시선이 허공에서 얽혔다.

"백송."

교중학이 입을 열었다. 그 무거운 목소리에 문인백송의 눈가가 살짝 떨렸다.

"서책만 살피며 나이를 먹어서 그리 변한 것인가? 젊을 적 자네의 패기는 어디로 가고 이리 보수적인 전술만을 이야기하지?"

교중학의 입꼬리가 살짝 올라간 것이 조소가 어려 있었다.

"사혈궁은 거대한 단체입니다. 형님께서 젊은 시절 강호를 누빌 때와는 다릅니다. 그때는 사혈궁의 밖에서 천하를 질타하셨지만, 지금은 사혈궁의 운명을 책임지시는 궁주이십니다. 나보다는 사혈궁을 먼저 생각해야 합니다. 그게 보수적인 거라 하셔도 저는 그럴 수밖에 없습니다. 저는 사혈궁의 문상입니다."

문인백송의 얼굴은 결연했다.

"허, 고작 그 애송이 하나 때문에 이게 뭔 꼴인지······."

교중학이 고개를 저었다. 그리고 결정을 내렸다.

"본 궁에서 그놈을 처리한다. 기관진식을 점검하고 만반의 준비를 해놓도록."

그리고 교중학은 자리를 떴다.

그가 사라지자 대전에 모였던 이들도 하나둘 바쁘게 움직였다.

오직 문인백송만이 그 자리에 서서 멍하니 교중학이 사라진 곳을 바라볼 뿐이다.

"어쩌면 사혈궁은 여기까지일지도 모르겠습니다."

힘없이 중얼거린 문인백송은 터덜터덜 걸음을 옮겼다. 그가 향하는 곳은 그의 집무실이 아니었다.

교하운의 처소로 향했다.

그는 사혈궁의 문상이었다. 할 수 있는 모든 대처는 해야 했다.

모용백과 심온은 다탁을 두고 마주 앉아서 차를 즐기고 있었다.

"허어, 그 친구가 그토록 대단할 줄이야."

심온이 고개를 끄덕였다.

"홀로 간다 할 때 저는 감동까지 했습니다. 우리를 위해 죽으러 가는 것이라 생각을 했지요. 그래서 그 동생들을 꼭 훌륭히 키우겠노라 다짐까지 했지요."

"허허허."

그 말에 모용백은 웃을 수밖에 없었다. 그도 비슷한 심정이었기 때문이다.

"그런데 단신으로 적혈대와 흑혈대를 모두 쓸어버렸다니…

혹시 회주께서는 예상하셨습니까?"

심온이 은근한 어조로 물었다.

"그가 강한 것은 알았으나 그 정도일 거라 예상은 하지 못했네. 그가 이번에 한 일은 나로서도 무척이나 힘든 일이야."

그 말에 심온이 고개를 끄덕였다.

"그렇지요. 사혈궁의 적혈대와 흑혈대는 무섭지요. 검 한 자루로 쉽게 상대할 수 있는 이들이 아닙니다. 하지만 회주도 가능하실 텐데요?"

"힘들다고 했지 못한다고 했는가? 하하, 소문을 들어보면 장 공자가 너무나 쉽게 그들을 처단하지 않았는가? 그건 나도 못하네."

모용백은 너무나 소탈하게 자신이 홍원보다 약함을 인정했다.

직접 겨룬 것이 아니었음에도, 간접적인 비교만으로도 충분했다.

"덕분에 좀 더 마음 편히 마황성을 상대할 수 있을 것 같습니다."

심온의 얼굴에 미소가 감돌았다.

"그렇지. 나도 마음 놓고 북쪽으로 떠날 수 있을 것 같네."

그 말에 심온이 깜짝 놀랐다.

"혹여라도 사혈궁이 장 공자를 죽인 후 다시 우리에게 공격을 해올까 저어되어 남아 있었네. 이곳에는 장 공자의 가족들이 있으니까. 이제 그 걱정은 덜어낸 것 같으니 마황성에 집중해야지."

"혹여 평이 때문에 그러시는 겁니까?"

사도평의 소식은 이미 며칠 전에 도착했다.

전장에서 갑자기 사라지다니. 믿을 수 없는 일이었다.

"그놈 사라진 것이 무슨 큰일이라고."

"그래도 회의 대제자 아닙니까?"

모용백은 고개를 절레절레 저었다.

"이립이 훨씬 지난 나이야. 본인의 일은 본인이 결정해야지."

두 사람은 사도평의 납치라든가, 자객에게 해를 입었다든가 하는 가능성은 전혀 염두에 두지 않았다.

그가 제 발로 떠났을 거라 확신하고 있었다.

문명후가 안달이 난 것과는 전혀 다른 반응이었다.

"뜻하는 바가 있어서 사라진 것이겠지. 난 그간 내 가르침을 받은 그 녀석을 믿네."

모용백의 말에는 힘이 담겨 있었다. 그 힘은 확신이었다.

"그리고 지금은 회의 존망을 건 전쟁이 벌어지려 하고 있어. 그것에 집중해야지. 그리고 그런 곳에는 회주인 내가 직접 가는 것이 맞는 거 아니겠나. 지금까지야 다른 사정 때문에 회를 지켰다지만."

심온은 아무런 말도 할 수 없었다.

"그러면 회를 잘 부탁하네."

"알겠습니다."

심온이 할 수 있는 말은 그것밖에 없었다.

주변이 을씨년스럽다

중원 사대세력 중 한 곳의 본거지인 만큼 늘 수많은 사람들이 오가던 길목이나 지금은 단 한 사람만이 서 있었다.

세찬 바람에 불어오는 먼지가 이곳의 적막함을 더했다.

홍원은 가만히 눈앞의 거대한 문을 보았다.

사혈궁(邪血宮).

힘찬 필체가 아로새겨진 거대한 편액이 눈에 들어온다.

그 모습이 낯익었다.

실제로 보는 것은 처음이지만 말이다.

"오랜만이군."

홍원은 자신도 모르게 그렇게 중얼거렸다. 꿈속에서 한번 뒤집었던 그곳이다.

홍원이 사혈궁에 도착했다.

        *   *   *

공기가 적막했다.

잘 가꾸어놓은 정원은 단아한 아름다움과 평온함을 보여주고 있었으나, 적막한 공기는 그 멋을 깎아내고 있었다.

이 정원이 있는 곳뿐만 아니라 사혈궁 전체를 지배하고 있는 긴장감이 더더욱 공기를 적막하게 만들고 있었다.

"마음에 안 들어."

정자에 서서 정원을 둘러보던 교하운이 중얼거렸다.

"어쩔 수 없는 일이지요."

하후필의 말에 쓴웃음을 지었다.

만반의 준비를 한 후 사혈궁 내에서 홍원을 쓰러뜨리기로 결정이 난 순간부터 저랬다.

"문인 문상이 제대로 된 의견을 제시했다 들었는데……."

교하운은 자신을 빼놓고 진행된 회의 내용에 대한 이야기를 떠올렸다.

"사혈궁이란 이름은 그의 의견을 받아들일 수 없었을 겁니다."

하후필이 이런 결정이 내려진 이유를 두둔했다.

"아버님의 아집일 뿐이야."

"그 때문에 요 며칠 궁이 참으로 시끄러웠습니다. 기관과 진법들을 정비하고 각 무력부대들을 배치하느라고요. 문인 문상이 정신이 없었지요."

하후필이 안타까운 얼굴로 중얼거렸다.

이 싸움을 가장 먼저 반대한 이가 가장 앞에 나서서 지휘를 해야 했다.

"그러니까."

교하운이 답답한 얼굴로 두 눈을 감았다.

그는 기감을 최대한 널리 퍼뜨려 보았다. 사혈궁의 삼분지 일 정도까지만 확장할 수 있었다.

곳곳에 잔뜩 벼려진 칼과 같은 날카로움이 가득했다.

예전에는 이렇게 넓은 곳을 감지할 수 없었다.

읍성에서의 수련과 사혈궁으로 돌아온 후의 명상 때문이었다.

무언가를 잡을 듯한 간질거림.

그 느낌에 매달려 있다가, 회의에 참석하지 못했다. 애초에 아버지가 알리지도 않았지만, 그렇다고 빠질 자신이 아니다.

다만 수련에 집중하는 것을 놓쳤을 뿐이다.

그것이 못내 아쉬웠다.

"내가 그 회의에 참석했어도 바뀌는 것은 없었겠지?"

"궁주님이시라면 그때 이미 결론을 내린 후 회의를 소집하셨을 겁니다."

하후필의 대답에 교하운은 고개를 끄덕였다.

"답은 이미 정해져 있었겠지."

"적혈대와 흑혈대를 그 꼴로 만들다니, 무서운 친구입니다. 검선의 제자라고 믿기지 않는 살기도 가지고 있어요."

교하운의 얼굴이 딱딱하게 굳었다.

"그래서 이번 결정이 마음에 안 드는 거야. 그런 단호한 손속을 가진 자와 부딪히는 것은 어떻게 되든 궁에게 손실이니까."

"문인 문상의 심정을 알겠더군요. 얼마나 답답했을지."

하후필의 목소리는 어두웠다.

"어떻게 생각하십니까?"

"무얼 말하는 건가?"

"그와의 싸움 말입니다."

교하운이 잠시 하늘을 올려다보았다.

한없이 맑은 하늘이다. 사방에서 불어오는 세찬 바람은 그런 하늘과는 어울리지 않았다.

"지금의 나라면 적혈대와 흑혈대를 그렇게 만들 수 있을 것 같군."

교하운의 말에 하후필의 얼굴에 찬탄이 어렸다.

"성취가 있으셨군요."

교하운이 고개를 저었다.

"하지만 과연 그렇게 압도적인 모습을 보이고, 그렇게 멀쩡할 수 있을까는 의문이야. 어쩌면 궁은 오늘 커다란 위기를 맞을지도 모르겠어."

대답을 하는 교하운의 얼굴이 어둡게 가라앉았다.

"그게 무슨 의미이신지……."

하후필이 조심스레 물었다.

"작은 담장을 넘으니, 그 끝이 보이지 않는 광야가 펼쳐져 있어. 그 친구는 그 광야의 어디쯤에 있을지, 아니면 광야 끝의 또 다른 벽을 이미 넘어간 것인지… 보이지 않던 것이 보이게 되니 더욱 걱정돼."

하후필이 무언가 이야기를 하려 입술을 달싹거릴 때, 야율초가 헐레벌떡 달려왔다.

"그가 정문 앞에 도착했답니다!"

교하운의 시선이 야율초를 향했다.

"이제는 정말 아무것도 할 수 없겠군."

바람이 유독 스산하게 느껴졌다.

홍원이 도착했다는 보고는 문인백송과 교중학에게도 전해졌다.

문인백송의 얼굴이 딱딱하게 굳었고 교중학은 은근한 미소를 지었다.

"제 놈이 아무리 강해봐야 과연 사혈궁의 힘을 감당할 수 있을까."

"놈은 이제 곧 엎드려 할아버님께 용서를 구할 것입니다."

언제 온 것일까. 윤의에 앉은 교상번이 잔혹한 미소를 지으며 교중학에게 말했다.

"오냐, 그놈이 피눈물을 흘리면서 네 발바닥을 핥게 만들어주마."

그런 조손의 대화를 들으며 문인백송은 속으로 한숨을 쉬었다. 부디 그렇게 되었으면 좋겠다는 바람도 함께 담았다.

아무래도 불길한 느낌이 뒤통수를 간질이고 있었다.

"그러면 저는 기관과 진법들을 지휘하러 가보도록 하겠습니다."

"수고하게."

교중학의 격려를 받으며 문인백송은 빠르게 걸음을 옮겼다.

외원의 기관과 진법들은 자신이 나설 필요가 없었지만 내원의 경우는 달랐다.

최대의 위력을 발휘하려면 자신이 직접 지휘해야 했다.

이제 이곳 대전에는 교중학과 교상번만 남았다.

"번아."

"네."

"이곳에서 잘 봐두거라. 대사혈궁의 궁주가 되려면 어찌해야
하는지. 네 아비처럼 약해 빠진 마음을 가지면 안 되느니라."

"알겠습니다, 할아버님."

두 조손은 곧 자신들의 앞에 던져질 적의 모습을 상상하며
미소를 지었다.

그 시각 홍원은 정문을 두드리고 있었다.

아무런 반응이 없었다.

"손님 대접이 형편없군."

홍원이 고개를 저었다.

기감을 넓혀 사혈궁을 훑었다. 사방 곳곳에 깔린 적들의 존
재가 느껴졌다.

살기와 투기를 풀풀 풍기는 자, 조용히 기다리고 있는 자, 모
든 것을 숨기고 은신하고 있는 자.

온갖 종류의 기척들이 느껴졌다.

"응?"

그런 홍원의 눈에 이채가 어렸다.

자신의 기감과 부딪히는 기감을 느낀 것이다.

처음 있는 일이다.

'과연 사혈궁이란 것인가?'

상당한 경지의 무인이 있는 듯했다. 자신의 기감에 간섭해
올 수 있는 기감이라니.

"사혈궁주일까?"

작은 목소리로 중얼거렸다.

아마도 사혈궁에서 가장 강한 자일 듯했으니 떠오른 생각이다.

어쨌든 자신의 사부와 함께 이황이제일선으로 꼽히는 오천존 중 혈혼창제라 불리는 사혈궁주가 아니던가.

물론 그중 붕뢰권황이라 불리는 전 숭무련주 신도운악이 홍원의 검에 그 생을 마감했지만 말이다.

"들어가 보면 알겠지."

홍원의 검이 움직이는 순간, 거대한 문이 양쪽으로 쪼개지며 쓰러졌다.

쾅!

문이 쓰러지는 요란한 소리와 함께 자욱한 먼지가 일었다.

넓게 펼쳐진 뜰에 수많은 무사가 긴장한 모습으로 서 있었다. 이미 알고 있는 모습이었다.

홍원이 한 발 안으로 내디뎠다.

그 순간 사방에서 화살이 하늘을 검게 물들이며 날아들었다.

화살촉의 색이 검게 물든 것이 하나같이 극독이 발라져 있었다.

홍원의 검이 빠르게 움직였다.

홍원을 새까맣게 뒤덮으며 날아오는 화살이었으나 그 어느 것도 홍원이 휘두르는 검의 벽을 넘지 못했다.

전후좌우상하.

어느 곳도 빈틈이 없었다.

그럼에도 쉼 없이 화살이 날아왔다.

홍원 주변으로 홍원의 키보다 높이 화살의 잔해들이 쌓이고 있었다.

빠르게 움직이는 홍원의 검이 어느새 홍원을 중심으로 강기의 구를 만들고 있었다.

"타핫!"

홍원의 기합과 함께 사방으로 강기가 뿜어져 나갔다.

주변에 가득하던 화살의 잔해는 세상 그 무엇보다 날카로운 암기가 되어 사방으로 비산했다.

홍원을 포위한 채 잔뜩 긴장하고 있던 무사들은 갑자기 자신을 덮쳐오는 화살 파편에 깜짝 놀랐으나 아무것도 할 수 없었다.

너무나 갑작스러웠고, 너무나 빨랐다.

"으악!"

"악!"

곳곳에서 비명이 터져 나왔다.

갑작스러운 상황에 화살이 멈췄다. 화살을 쏘던 이들도 깜짝 놀란 것이다.

화살이 멈춘 것은 찰나에 지나지 않았다. 홍원에게는 그 정도 시간이면 충분했다.

홍원이 앞으로 빠르게 쇄도했다.

다급히 날아온 화살들은 그런 홍원의 뒤에 떨어질 뿐이다. 홍원이 무사들의 무리 한가운데를 파고들었다.

화살이 멈췄다.

아군 속에 들어간 홍원이었기에 더 이상 화살을 쏠 수 없었다.

이미 화살의 파편에 무수한 이들이 쓰러져 있었다.

운 좋게 파편에 스치기만 한 이들도 쓰러져 신음하고 있었다. 화살촉의 독에 중독된 것이다.

홍원은 그 속에서 흑운을 휘둘렀다.

새하얀 검강을 입은 칠흑과도 같은 검.

흑백의 대비가 묘하게 사나워 보였다.

검이 지나간 자리에 검붉은 선혈이 튀었고 사혈궁의 무사들이 목숨을 잃었다.

그럼에도 불속으로 날아드는 부나방같이 무사들은 홍원에게 달려들었다.

압도적인 모습에 공포에 취할 만도 하건만 그들은 달려들었다.

그런 적의 반응에 홍원은 살짝 의문을 가졌다.

'이들은 공포라는 게 없는 것인가?'

일부러 더욱 잔인하게 손속을 펼쳤다. 겁에 질려 도망가기를 바라며.

그것이 한 명의 피라도 덜 흘릴 방법이었기에.

적혈대와 흑혈대는 그 탓에 생존자가 제법 되었던 것이다.

이들은 적혈대와 흑혈대에 비하면 손색이 많은 이들이었다. 그야말로 말단 무사들이다.

그런데 겁을 상실한 것처럼 홍원에게 덤벼들었다.

'앵속인가?'

공포심을 최대한 자극하기 위해 무심히 검만 휘두르다가 자신을 향해 덤벼드는 이들을 유심히 살피고야 알았다.

이들은 눈이 살짝 풀려 있었다.

적을 앞에 둔 무사가 보일 모습이 아니다.

약에 취해 있었다. 아니, 정확히는 약에 취하게 만들었을 것이다.

홍원의 힘을 빼놓기 위해서.

그들은 버리는 패로 선택된 이들이었다.

'치졸하군.'

적들의 의도를 알게 된 이상 이곳에서 시간과 힘을 낭비할 이유는 없었다.

홍원의 검이 더욱 사납게 움직였다.

검강이 더욱 강하게 줄기줄기 뿜어져 나온다 싶은 순간 홍원이 검을 크게 휘둘렀다.

스윽.

섬뜩한 절삭음과 함께 그 자리의 무사들 중 삼분지 일이 한순간에 피를 뿌리며 쓰러졌다.

모든 것이 정지했다.

너무나 갑작스러운 현상에 찾아온 적막이다.

이것은 공포 같은 저급한 감정과는 궤를 달리하는 감정이었다.

홍원은 그 감정의 틈을 이용해 그곳을 떠나 더욱 안으로 파고들었다.

사혈궁 성벽 위에 배치되어 있는 궁수들도 멍한 얼굴로 활의 사정거리를 벗어나는 홍원의 모습을 그저 바라만 보았다.

정신을 차린 앵속에 취한 무사들이 홍원을 찾았으나 이미 그곳에는 없었다.

약에 취했기에 쫓을 생각도 못 하고 두리번거릴 뿐이다.

앞으로 나가던 홍원은 급격히 무거워진 공기를 느꼈다.

'무언가 있다.'

경계를 하며 한 발 내디딘 순간, 사방의 풍경이 바뀌었다.

진법이다.

침입자가 들어오는 순간 발동하게 되는 진법이었다.

홍원이 진법 발동의 마지막 열쇠였기에, 미처 진법을 감지하지 못했다.

그저 무거운 공기를 느끼며 무언가 있을 거란 생각만 했을 뿐이다.

온갖 기이한 풍경이 홍원을 현혹했다.

심지어 목 잘린 이들이 홍원을 향해 달려들기도 했고, 잘린 목이 긴 머리칼을 휘날리며 날아다니기도 했다.

"저급하군."

그 모습에 대한 홍원의 감상은 단 한 마디였다.

홍원은 아무런 상관 없다는 듯 앞으로 걸음을 내디뎠다.

요란한 풍경, 섬뜩한 풍경, 기이한 풍경이 홍원을 덮쳤고, 그 속에 숨은 암습이 날아들었다.

그 어느 것도 홍원의 옷자락 하나 베지 못했다.

무심히 움직이는 홍원의 검에 암습자들은 모두 생을 달리했다.

낭떠러지가 눈앞을 막아도 홍원은 거침없이 걸음을 옮겼다. 허공을 걷는 모습을 보이기도 했다.

진법을 유지하는 진법사가 그런 홍원의 모습에 긴장한 채 침을 꿀꺽 삼켰다.

'대체 어떤 인간이길래 환영진에서 저렇게 평정심을 유지할 수 있단 말인가…….'

환영진은 온갖 환상과 환영으로 대상자를 현혹하는 진이다.

그냥 환영진 자체로는 아무런 살상력이 없지만, 살수들의 매복이 합쳐지면 달라진다.

살상력이 없는 환영진이었기에 생문(生門)이나 사문(死門) 같은 것은 없었다.

하지만 환각에 아무런 영향을 받지 않는 휴문(休門)이 존재했고, 살수들은 그 휴문에 위치해 있었다.

환영진은 그저 온갖 미혹과 환영만 존재하는 곳이기에 홍원은 그저 앞으로 나아갔다. 그 어떤 환영과 환상이 덮쳐도 아무런 반응을 하지 않았다.

첫 번째 휴문 근처를 지날 때, 홍원의 옆구리를 향해 검이 날아들었다.

홍원의 검이 자연스레 움직여 살수를 처리했다.

살수는 믿을 수 없다는 듯 두 눈을 부릅뜬 채 쓰러졌다.

'조잡하군.'

아무리 환영으로 홍원의 눈을 속이려 한다고 한들, 홍원은 기감으로 이미 이 환영진을 모두 파악하고 있었다.

정확히는 휴문에 숨어 있는 살수들을 파악한 것이다.

진의 중심에 잔뜩 숨어 있는 자들.

그들은 환영진의 영향을 받지 않으니, 지금 자신의 모습을 모두 그대로 지켜보고 있을 것이다.

홍원은 거침없이 검을 휘두르며 나갔다.

"컥."

"으윽."

가는 신음을 흘리면서 쓰러지는 이들이 부지기수였다. 어떤 이는 채 공격할 생각조차 못 한 채 홍원의 검에 생을 달리했다.

"어, 어떻게……."

진법사는 믿을 수 없다는 얼굴로 홍원을 지켜보았다. 분명 환영 속에 있을 터인데, 한 치의 망설임도 없이 매복을 처리하고 있었다.

홍원을 막기에는 환영진이 너무나 초라했다.

'하지만 다음은 쉽지 않을 것이다.'

진법사는 애써 이를 악물었다. 환영진은 그저 자신들의 준비에 대한 가벼운 인사 정도에 지나지 않았다.

홍원은 아무런 어려움 없이 환영진의 끝자락에 도달했으나, 또 다른 환영진이 펼쳐져 있었다. 중첩된 환영진이었다.

걸음을 내디디며 주변의 기운이 달라진 것도 느꼈다.

기감으로 주변을 파악하는 것이 조금 전보다 어려워졌다. 한 단계 수준의 높은 진법이라는 뜻이리라.

홍원이 다음 진에 진입하자 사방에서 검과 창이 날아들었다.

여전히 어렵지 않게 모든 공격을 쳐내고 반격했다.

홍원의 공격에 쓰러지는 이들의 소음이 귀를 간질였다.

너무 쉬웠다. 만반의 준비를 한다고 했겠지만 홍원에게는 너무 쉬웠다.

그렇게 얼마나 앞으로 나갔을까.

평온한 숲길이 눈앞에 펼쳐졌다. 그럼에도 홍원은 걸음을 멈췄다.

낭떠러지가 나와도, 길을 막는 절벽이 나와도 아랑곳하지 않고 전진하던 홍원이 처음으로 멈춘 것이다.

기감이 말해주고 있었다.

전면은 벽이었다.

가볍게 일장을 앞으로 날렸다.

쾅!

금세 무언가 부서지는 소리가 울렸다.

"아까와는 다르군."

그저 아무것도 없는 평지에 펼쳐져 있던 처음의 진법과는 달랐다.

무언가의 구조물과 함께 펼쳐져 있었다.

홍원은 기감을 자신의 반경 이 장(약 6미터) 정도로 집중했다. 주변의 구조물이 일목요연하게 느껴졌다.

미로와도 같은 길이 자신의 주변을 감싸고 있었다.

'크크크, 환영미로진이다. 어디 이것도 그리 쉬운지 한번 보자.'

진법사는 내심 웃음을 흘렸다. 홍원이 기관이 잔뜩 깔려 있는 미로진의 영역에 들어섰기 때문이다.

홍원은 전방의 막다른 벽을 피해 오른쪽으로 걸음을 옮겼다. 그렇게 몇 발짝 옮겼을까.

철컹.

자신이 밟은 곳이 움푹 꺼지면서 묘한 기계음이 울렸다.

푸슉.

양쪽 벽에서 수십 개의 창이 튀어나왔다.

이미 홍원은 뒤로 물러나 기관의 공격을 피한 터였다. 그때 위에서 검이 날아들었다.

매복해 있던 이다.

홍원은 검을 휘둘러 매복한 살수들을 처리했다.

"기관과 진법이라. 귀찮군."

진심이었다.

진법이라면 몰라도 기관은 문외한이다. 기감을 아무리 펼쳐도 기관을 파악하는 것은 어려웠다.

거기에 진법의 환영이 자신의 눈을 가리고 있으니 수상한 곳을 찾기도 어려웠다. 그저 이곳의 미로와 같은 길만 기감으로 파악할 뿐이다.

조금 전에도 발끝의 감각이 다른 곳과 달랐기에 아무런 피해 없이 피할 수 있었다.

감각이 다름을 조금만 늦게 인지했어도 옷자락이 조금 찢어지는 정도의 피해는 입었으리라.

기관까지 파악해서 피하는 방법이 없지는 않았다.

이미 숭무련에서 한번 겪지 않았던가. 하지만 굳이 그때처럼 해야 할 필요를 느끼지 못했다.

홍원은 몸을 돌렸다.

귀찮은 것을 굳이 뚫고 나갈 필요는 없었다.

부수면 될 일이다.

벽에 막혀 오른쪽으로 돌렸던 몸을 다시 정면으로 향했다.

흑운에 새하얀 강기가 어렸다.

시리도록 하얀빛은 더욱더 집중되면서 세상 그 무엇보다도 순수한 백색으로 물들었다.

홍원은 천선의 묘대로 검을 내리 그었다.

콰콰콰콰콰콰쾅!

요란한 소리가 울리며 정면의 벽과 기관들이 순식간에 박살 났다.

그와 동시에 진법도 파괴되었다.

자욱한 먼지와 함께 정경이 드러났다.

곳곳에 기관의 잔해가 널브러져 있고, 홍원의 일 검에 생을 다한 무사들의 시신이 이곳저곳에 있었다.

진법사는 멍한 얼굴로 그런 홍원을 바라보고 있었다.

의도한 것일까.

홍원의 공격은 진법사의 일 장 앞에서 멈춰 있었다.

살아남은 이들은 얼이 빠져 있었다.

이 상황을 받아들이지 못하는 것이다.

힘으로 기관을 부수려는 이들이 있을 것을 예상하고 그에 맞춰 만들었던 기관이다.

그것을 일격에 박살을 낸 것이다.

물론 홍원의 검이 지나간 자리 외의 기관은 살아 있다.

연계된 기관 곳곳은 작동이 안 될 수도 있지만 그래도 육 할 정도의 기관은 정상 작동할 것이다.

그러면 뭐 하는가.

일 검으로 길을 뚫어버렸는데.

"쳐, 쳐라!"

가장 먼저 정신을 차린 이의 외침과 함께 무사들이 홍원을 향해 달려들었으나 부질없는 짓이었다.

홍원의 가벼운 검격에 그들은 모두 그 자리에 쓰러졌다.

진법사가 부들부들 떨면서 홍원을 바라보고 있었으나, 홍원은 그를 신경 쓰지 않았다.

잠깐 생각에 잠겨 있었다.

적진의 한가운데에서, 자신이 처한 상황 따위는 아랑곳하지 않았다.

'이 감각……'

꿈속의 한 장면이 떠오른 탓이다.

일 도에 전각을 베어버렸던 그때.

이곳은 사혈궁이고, 그곳은 천선문이었다.

일 도와 일 검.

새빨간 도강과 새하얀 검강.

달랐으되 비슷한 감각이 느껴졌다.

당시 자신이 추구했던 패도의 자락을 살짝 맛본 느낌이었다.

'하지만 다르다.'

달랐다.

지금의 자신은 극패의 길을 가지 않으니까. 필요에 따라 패도적인 검을 휘두르지만, 현재 홍원은 한곳으로 극단적으로 치우친 길을 배제하고 있었다.

'그래도 가끔은 속이 시원하군.'

홍원은 씨익 웃었다.

그 웃음을 보는 진법사는 공포에 질렸다. 마치 악마와도 같은 웃음이지 않은가.

홍원은 그런 진법사의 곁을 지나쳤다.

자신에게 덤벼들지 않는 이를 벨 생각은 없었다.

그런 홍원의 앞을 거대한 문과 벽이 가로막고 있었다.

내궁의 입구였다.

홍원은 거침없이 검을 휘둘러 문을 부쉈다.

내궁 안으로 걸음을 내디딘 순간 무수한 환상이 다시금 홍원을 덮쳤다.

"또?"

홍원이 피식 웃으며 걸음을 내디디려다가 멈췄다.

이전과는 달랐기 때문이다.

기감으로 알 수 있는 것이 없었다. 그저 진한 안개가 내려앉은 듯한 느낌만이 있었다.

"이번에는 다르다는 건가?"

그럼에도 아무렇지도 않다는 듯 홍원은 걸음을 내디뎠다.

또 다른 진법에 진입하자 세찬 광풍이 몰아쳤다. 그리고 온 갖 시체들이 일어나 홍원을 향해 달려들었다.

일부는 환상이었고 일부는 실체였다.

환상과 실체였으나, 그 차이를 느끼기 어려웠다. 진법의 영향 때문이었다.

해결 방법은 간단했다.

환상이든 실체든 모두 베어버리면 된다.

홍원의 검이 춤을 추었다.

"으음……."

문인백송은 그 모습을 보고 신음을 흘렸다.

이곳까지 오는 동안 체력과 내공의 소모가 상당했을 텐데, 그런 모습이 전혀 보이지 않았다.

환영미로진을 검으로 깨부수고 나오는 모습에는 그조차 경악하지 않았던가.

'궁주님도 불가능한 일이야. 환영미로진을 깨부수는 건 가능하다고는 해도, 그 이후에 바로 혼천만상금쇄진(混天萬像禁碎鎭)에 진입해서 저런 모습을 보이다니.'

혼천만상금쇄진(混天萬像禁碎鎭).

천하십대절진 중 하나로 꼽히는 진법이다. 진의 설치를 위해 서는 어마어마한 규모의 공사가 필요했기에, 사혈궁을 건설할 때 만약의 사태를 대비해 설치했다. 대대로 문상을 맡은 이에게 진의 운용법이 전해져 왔다.

그리고 오늘.

사혈궁 개파 이후 사상 처음으로 진이 운용되고 있었다.

단 한 사람의 적을 막기 위해서.

일단 발동되면 생문이 없는 진이다.

외부에서 진을 멈추기 전에는 오로지 사문과 휴문만이 존재하여, 그 휴문에는 사혈궁의 최상위급 무사들이 매복해 있었다.

문인백송이 앉아 있는 누각은 진의 일부분이자, 진의 외부였다.

진의 발동과 정지를 결정할 수 있는 유일한 곳이었으며, 진의 내부를 일목요연하게 지켜보며 휴문에 있는 무사들에게 명령을 내릴 수 있는 곳이었다.

거대한 진의 운용이 오롯이 문인백송 한 사람의 손에 달려 있는 것이다.

그리고 진의 외부에는 기천 명에 달하는 무사들이 진을 포위하고 있었다.

사혈궁의 모든 전력이 이곳에 집중된 것이다.

홍원은 혼천만상금쇄진의 기운에 가로막혀 외부의 그런 상황을 미처 감지하지 못하고 있었다.

그들이 진을 포위한 것은 홍원이 진에 들어간 직후였기 때문이다.

교중학은 사혈궁의 본전 앞에 가져다놓은 태사의에 앉아 그 모습을 모두 내려다보고 있었다.

진법이 발동된 이상 그 내부를 살필 수는 없었다. 그것은 오로지 문인백송이 있는 곳에서만 가능했으니.

정상적으로 가동하고 있는 혼천만상대진과 그 진을 포위하고 있는 무사들의 당당한 모습을 보고 있노라니 절로 웃음이 나왔다.

저곳에서는 설령 검선 본인이라 할지라도 살아나오지 못하리라.

"할아버지, 이러다가 그놈 시체도 못 보는 것 아닌가요?"

교중학의 오른편 윤의에 앉아 있는 교상번이 아쉽다는 얼굴로 물었다.

"생포하여 네 발바닥을 핥게 하려 하였는데, 생각보다 위험한 놈이더구나. 설마 환영미로진을 그런 식으로 박살을 내다니."

교중학의 눈이 살짝 떨렸다.

"그런 위험한 놈은 섣불리 생포하려고 하는 것이 아니다. 단숨에 죽여야지. 걱정 말거라. 네가 그놈의 시체를 갈기갈기 찢어버릴 수 있게 해주마."

"아쉽지만 그 정도로 만족해야겠군요. 할아버지께서 그렇게 결정하셨으니까요."

교상번의 두 눈에는 진정으로 아쉽다는 기색이 가득했다.

한편 홍원은 사방에서 달려드는 적들을 상대하면서 고개를 갸웃거렸다.

아무리 기감을 펼쳐도 막막했기 때문이다.

'보통 절진이 아닌 모양이군.'

이전에 겪었던 진과 비교하기에는 그 수준이 너무나 달랐다.

홍원은 암영대의 검진을 상대했을 때를 떠올렸다. 그때는 진법의 흐름이 자연스레 보였었다.

마치 산의 길을 봤던 것처럼 말이다.

선문강을 잡기 위해 숭무련의 군사부에 침투할 때 마주쳤던 진법을 떠올렸다.

그때는 무척이나 곤란했었다. 하지만 해결했었다.

당시에는 심지어 진법에 숨어 있던 기관까지 상당 부분 파악하지 않았던가.

'그러고 보니 너무 과격하게 쓸어버렸나?'

그때 사용한 방법을 다시 썼으면, 굳이 그렇게 부숴 버릴 필요는 없지 않았나 하는 생각이 들었다.

'뭐, 숨어드는 것과는 다른 것이니 부수는 것이 편했지.'

그랬다.

선문강을 은밀히 잡기 위해 침투하는 것과 적을 부수기 위해 싸우는 것과는 달랐다.

그래서 그냥 부숴 버린 것이다.

하지만 지금 들어온 진법은 달랐다.

이미 홍원이 강력한 일격을 내리 그었지만 진법이 버텨냈다.

쿠르르릉.

땅이 울리는 진동만 있었을 뿐, 진법의 변화는 없었다.

문인백송의 얼굴은 식은땀으로 가득했다. 하마터면 일격에 진법이 부서질 뻔했다.

일 할만 더 위력이 강했어도 버티지 못했으리라.

"괴물이군……."

그것 말고는 달리 떠오르는 표현이 없었다.

홍원은 안개에 갇힌 듯한 느낌만 주는 기감을 거둬들였다. 그리고 두 눈에 기감과 내공을 집중했다.

눈이 번쩍 뜨이면서, 숭무련에서 보았던 것과 같이 기운의 흐름이 보였다.

산의 길을 보는 것과 같은 그 기분.

기운의 흐름을 모두 본 홍원의 얼굴에 난감함이 어렸다.

"생로와 생문이 없군……."

당연한 일이다.

혼천만상금쇄진은 진법을 열고 닫는 것이 진의 외부에서만 가능했다. 그곳 역시 진의 일부이지만 진법에 빠진 이는 결코 접근할 수 없는 곳이다.

문인백송이 그곳에서 딱딱하게 굳은 얼굴로 진을 살피고 있었다.

아무리 기운의 결을 읽고 길을 찾아도 찾을 수 없었다.

모든 곳이 막다른 곳이었다.

"생로가 없다면, 만든다."

홍원은 나직이 중얼거렸다.

다시 한 번 새하얀 검강이 커다랗게 뿜어져 나왔다.

쾅!

간단하고 깔끔한 내려 베기에 요란한 폭음이 울리고 진이 흔들렸다.

그러나 진은 다시 한 번 버텨냈다.

진에 매복해 있던 이들은 기가 질린 얼굴로 홍원을 바라보았다.

저것이 과연 인간의 검이란 말인가.

진법이 아닌 자신들을 노리고 저 일격이 떨어지면 어찌 될까? 그 생각만으로도 모골이 송연해졌다.

홍원은 자신을 포위한 이들은 아랑곳하지 않고 기운의 흐름을 살폈다.

자신의 일격에 진이 세차게 흔들렸지만 여전히 모든 기운이 흐르는 길은 막다른 곳이다.

"흐음."

작은 침음을 흘린 홍원은 뚜벅뚜벅 걸음을 옮겼다.

아직 홍원이 위치한 곳은 진의 외곽이었다.

아무래도 중심에서 부숴야 할 것 같다는 생각이 들었기에 거침없이 움직이고 있었다.

홍원이 움직이자, 그제야 정신을 차린 사혈궁의 무사들이 홍원에게 달려들었으나 모두 추풍낙엽과도 같이 쓸려 나갔다.

귀찮은 벌레를 쫓아내는 듯한 홍원의 손짓에 그들은 허망하게 쓰러졌다.

그 모습을 모두 지켜보고 있던 문인백송은 입을 떡 벌리고는 아무것도 할 수 없었다.

'과연 저자를 막을 수 있을까?'

그의 행보를 보고 있노라면 한 가지는 확신할 수 있었다.

저치는 사혈궁주 교중학보다 강하다.

만약 저자가 모든 관문을 다 뚫고 나온다면, 어쩌면 사혈궁의 역사는 오늘이 마지막일지도 몰랐다.

그런 생각이 강렬히 들었으나, 차마 입 밖에 내지 못했다.

그사이 홍원은 점점 더 진의 중심을 향해 가고 있었다.

홍원은 온갖 변화를 일으키며, 현혹하고 괴롭히며 타격을 주려는 진법을 용케 최소한의 피해로 뚫고 나가고 있었다.

그저 앞으로만 나가는 것 같으나, 그래도 교묘히 기운의 결을 읽어 압력이 최소한으로 미치는 곳만 찾아서 움직이고 있었다.

그렇지 않았다면 아무리 홍원이라도 상당한 체력을 소모했어야 할 일이다.

어느새 홍원은 진의 중심에 도착했다.

중심은 휴문이었다.

그곳에 매복해 있던 이는 이미 홍원의 검에 불귀의 객이 되었다.

태풍의 중심과 같이 고요했다.

홍원은 그곳에서 잠시 한숨을 돌렸다.

'고약하군.'

홍원이 얼굴을 찡그렸다.

다른 것은 모두 괜찮았다. 오직 한 가지가 홍원을 괴롭혔다.

혼천만상금쇄진 내부에서는 내공이 거의 회복되지 않았다.

천선심법은 움직이면서도 운기가 가능한 심법이다. 홍원은 이곳에 들어선 이후 꾸준히 심법을 운기했지만 회복되는 내공의 양은 미미했다.

그나마 천선심법의 공능이 있었기에 조금이나마 회복한 것이다.

진법의 기운이 얽히고설켜 운기가 불가능하게 하는 것, 그것이 혼천만상금쇄진의 가장 무서운 점이다.

이곳에 빠진 이는 휴문에 매복한 이들과 끊임없이 싸우다가 내공이 고갈되어 쓰러지는 것이다.

다수의 적보다는 압도적으로 강한 적 하나를 차륜전으로 상대하기 위해 만들어진 진법이었다.

홍원은 그런 사실을 알 리 없었다. 자신이 빠져든 진법이 혼천만상금쇄진이라는 것도 모르고 있었으니.

다만 진법의 기운 때문에 자신의 운기가 막혔음을 추측할 뿐이다.

'이래서 막다른 곳뿐이고 생로와 생문이 없었던 것인가?'

모든 곳이 죽은 대지.

그것이 이 진법의 내부였다.

홍원은 자신의 내부를 관조했다. 이제 칠 할 정도의 내공이 남아 있었다.

남아 있는 내공을 모두 사용해 이 진법을 부수는 것은 가능할 것 같았으나, 그 이후가 문제였다.

사혈궁의 전력이 고작 이 정도일 리 없었다.

'진을 부순 후, 내력을 회복할 시간이 있을지 모르겠군.'

다른 방법은 없었다. 이곳에 계속 있는다고 해서 내공이 회복되지 않으니, 무의미한 시간만 보낼 뿐이다. 내공뿐 아니라 체력까지도 떨어질 뿐이다.

홍원의 얼굴이 절로 찌푸려졌다.

그사이 부나방처럼 달려드는 적들이 있었다. 홍원의 검은 그들에게 자비를 두지 않았다.

'잠깐.'

홍원은 문득 천선심법을 다시 돌아보았다.

정공이자 동공인 천선심법.

정공이자 동공이지만, 정공과 동공의 역할이 철저히 분리되어 있었다.

동공은 혈맥을 튼튼히 만들어주고, 정공은 내공을 세차게 움직이게 한다.

'왜 그래야 하지?'

의문이 들었다.

정공이자 동공이고, 동공이자 정공이라면 굳이 그 쓰임이 다를 이유가 무엇이란 말인가.

그 와중에도 홍원의 검은 쉬지 않고 움직였다.

자신을 향해 끊임없이 달려드는 적들을 향한 검이다.

분심의 공능이 있는 무유심법과 천선이었기에 가능한 일이었다.

홍원은 그사이 깊은 사색에 잠겼다.

억겁과도 같이 긴 시간이기도 했고, 찰나와 같이 짧은 시간이기도 했다.

"굳이 나눌 필요가 없는 일이야. 동공이니, 정공이니 하는 구분은 인위적이고 부자연스러운 일이었어."

홍원이 멍하니 중얼거렸다.

"천선은 그 자체로 천선이다."

묵직한 한마디.

홍원의 검에서 새하얀 강기가 다시 한 번 커다랗게 솟아올랐다.

그러고는 다시 한 번 아래로 내려 그었다.

쾅!

그걸로 끝이 아니었다. 바로 이어서 횡으로 그었다.

콰쾅!

혼천만상금쇄진이 세차게 흔들렸다.

진 전체가 흔들리니 진 내부에서는 하늘과 땅이 뒤집어지는 듯했다.

이번에는 한 번에 종횡으로 검을 움직였다.

콰콰콰쾅!

요란한 폭음과 함께 세찬 기운이 사방을 향해 태풍과도 같이 휘몰아쳤다.

이 네 번의 검격으로 홍원은 남아 있는 내공의 대부분을 소진했다.

홍원의 단전에는 고작 한 줌의 내공이 남았을 뿐이다.

태풍이 잦아들며 주위의 정경이 드러났다.

홍원을 둥글게 포위한 기천의 사람들.

누각 위에서 믿을 수 없다는 얼굴로 홍원을 내려다보는 문인백송.

멀리 본전 위에서 어이가 없다는 얼굴로 홍원을 바라보는 교중학.

그 모든 것이 홍원의 눈에 들어왔다.

홍원이 다시 검을 들었다.

한 줌의 내공만이 남았으나 상관없었다. 홍원이 한 발 앞으로 내딛자, 정신을 차린 문인백송이 깃발을 꺼내 들었다.

이곳에서 문인백송이 할 일은 또 있었다.

이번에는 병진이다.

깃발로 직접 병진을 지휘해야 했다.

문인백송이 깃발을 휘두르기 시작하자 가만히 포위하고 있던 무사들이 천천히 움직이기 시작했다.

홍원은 아무 상관 않고 걸음을 옮겼다.

진법도 깨뜨렸으니 직진만이 남았다.

한 발, 한 발.

그 앞에는 문인백송이 있는 누각이 있었고, 그곳을 지나면 본전이 있었다.

물론 누각과 홍원 사이에는 기천에 이르는 무사들의 병진이 있었다.

문인백송이 파란 깃발을 내려침과 동시에 열 개의 창이 홍원을 향해 찔러왔다.

홍원의 검이 열 개의 창을 쳐냈다. 그와 동시에 미끄러지듯 무사들 사이로 파고들어 검을 휘둘렀다.

그 움직임에는 군더더기 하나 없이 자연스럽고 깔끔했다.

단지 그 일격으로 마지막 남은 한 줌의 내공마저 사라졌다.

홍원의 단전은 완벽하게 텅 비었다.

그러나 입가에는 미소가 어렸다. 홍원은 쉬지 않고 움직였다.

천선.

그것이 지금 처음으로 수많은 사람들 앞에 그 모습을 드러내고 있었다.

천선의 묘리에 따라 움직이는 홍원의 검은 눈앞의 무사들을 너무나 손쉽게 쓰러뜨렸다.

문인백송이 이를 악물고 병진을 아무리 지휘해도 소용없었다.

막고, 현혹하고, 회피하고, 공격하고, 포위해서 쳐내려 했지만 어느 것도 소용이 없었다.

그저 자연스레 모든 것을 가르는 검과 같았다.

그렇게 움직임에 따라 홍원의 혈맥은 더없이 튼튼해졌고, 그곳을 따라 흐르는 내공은 그 무엇보다 세찼다.

텅 빈 단전을 가지고 움직였음에도, 천선이 펼쳐짐에 따라 사방의 기운이 홍원에게 몰려들어 자연스레 내공이 차올랐다.

홍원은 자신을 잊었다.

천선도 잊었다.

그저 자연스레 움직이는 대로, 검이 나아갈 뿐이다.

홍원은 반개한 눈으로 그저 앞으로 나가며 검을 움직였다.

그 앞을 막을 수 있는 것이 없었다.

거칠 것이 없었다.

콰콰쾅!

"으악!"

폭음과 비명.

자욱한 흙먼지.

그 무엇도 인식하지 못했다.

그저 앞으로 갈 뿐이다.

"괴, 괴물이다!"

"모, 못 당해……."

"살려줘!"

온갖 비명이 난무하며, 결국 도주하는 이들까지 생겨났다.

가볍게 내리 그은 홍원의 검에 문인백송이 있던 누각이 세로로 반쪽이 났다.

천운이었던 것일까.

마침 깃발을 휘두르던 문인백송의 몸이 한쪽으로 쏠리는 바람에 왼쪽 팔만 잘리고 목숨은 건졌다.

그러나 쓰러지는 누각의 잔해에 큰 부상을 입었다.

"쿨럭, 크윽."

기침과 신음이 절로 나왔다.

겨우겨우 잔해를 빠져나와 왼팔을 지혈한 문인백송은 허망한 눈으로 자신을 지나쳐 가는 이의 뒷모습을 바라보았다.

그 불길한 예감이 점점 현실이 되어 가고 있었다.

어느새 이곳을 가득 채우고 있던 무사들은 채 서른이 되지 않았다.

그들도 지금 속속들이 쓰러지고 있었다.

흙먼지와 피 냄새가 가득했다.

"저게 과연 인간이란 말인가……."

문인백송은 확신했다.

오늘로 사혈궁은 끝이다. 아니, 어떻게 오늘을 넘긴다고 해도 끝이다.

단 한 사람으로 인해 사혈궁의 전력의 칠 할이 박살 났다.

그런 사혈궁은 다른 세력들의 좋은 먹잇감일 뿐이다.

뚜벅뚜벅 걸음을 옮기던 홍원은 어느 순간 멈춰 섰다.

그리고 반개했던 눈이 천천히 뜨였다.

주변을 두리번거리는 홍원의 눈에 천천히 초점이 잡혔다.

"이건……."

주변의 참상이 모두 눈에 들어왔다.

이윽고 천천히 머릿속에 떠오르는 광경들.

이 모든 것이 자신의 손에서 일어난 일이다.

"그런가. 또 벽을 넘었어."

홍원이 담담히 중얼거렸다. 기억에 없이 행한 일이나 모두 또렷이 기억이 났다.

단지 깨달음의 과정에서 무의식이 행한 일이었다.

그리고 모든 것을 인지했다.

텅 비었던 단전은 어느새 내공으로 가득 차 있었다.

"천선이 한 걸음 더 나갔다."

홍원의 입가에 미소가 떠올랐다.

그런 홍원을 부들부들 떨며 바라보는 이가 있었다.

교중학과 교상번이었다.

그들은 믿을 수 없다는 얼굴로 홍원을 바라보았다.

"네놈이 정녕 인간이더냐?"

교중학이 떨리는 목소리로 물었다.

"댁이 불러서 왔소만?"

홍원이 싱긋 웃었다. 교중학에게는 마귀의 웃음으로 보였다.

"그리고 당신도 오랜만이오?"

홍원이 교상번을 보며 인사를 건넸다.

"히, 히끅."

홍원의 시선에 겁을 잔뜩 집어먹은 교상번은 몸을 허둥거리다가 윤의에서 떨어졌다.

"으, 으어어어."

공포가 이성을 마비시킨 것일까.

그는 말도 제대로 하지 못하며 바닥을 엉금엉금 기었다.

교중학은 그런 손자의 모습에 얼굴을 찡그렸다. 자신도 지금 압도적인 신위에 눌려 있지만, 저 모습은 실망스럽기 그지없었다.

이제야 그는 자신의 손자의 그릇을 제대로 보게 되었다.

이미 두 사람 주위에는 아무도 없었다.

그들을 지키던 호위도, 사혈궁의 장로도 모두 홍원에게 덤벼들었다가 불귀의 객이 되었다.

"날 부른 용건이 무언지 궁금하오만?"

홍원은 활활 타오르는 두 눈으로 교중학을 바라보았다.

교중학 역시 부릅뜬 두 눈으로 홍원을 바라보았다.

"이제 그깟 용건은 아무래도 좋을 듯하구나."

태사의에서 몸을 일으켰다.

꼿꼿이 선 그의 몸에서는 한 문파의 절대자의 풍모가 절로 흘러나왔다.

태사의 옆에 세워둔 거치대에서 교중학은 자신의 창을 잡았다.

천천히 계단을 내려가 홍원을 마주했다.

"그럼 어디 나와 한번 어울려 보자꾸나."

"난 여전히 그깟 용건이 무엇이었는지 궁금하오만?"

홍원의 목소리에는 은은한 분노가 서려 있었다.

결국 모든 일의 원인이었다.

교중학의 욕심.

그것이 자신의 검을 뽑게 했고, 이토록 많은 피를 흘리게 했다.

홍원이 검을 휘두르지 않으면 되지 않았느냐는 말 따위는 의미가 없었다.

그랬다면, 홍원이 쓰러져 있을지도 모르는 일이다.

그저 조용히 평온한 삶을 살고 싶었을 뿐인 자신을, 이런 아귀도로 불러들인 이유가 정녕 궁금했다.

"알고 온 것이 아니던가? 작게는 내 손자를 저 꼴로 만든 것에 대한 책임을 묻기 위함이고, 크게는 경천회를 흔들기 위함이었지. 하지만 지금 그딴 것은 아무래도 좋을 듯하구나. 네놈이라는 괴물 덕분에."

홍원의 두 눈이 분노로 활활 타올랐다.

그의 말대로 예상은 하고 왔었다.

명분 쌓기에 자신을 이용하려 함은 알고 있었다. 그랬기에 명분을 주지 않기 위해 자신이 직접 오지 않았던가.

하지만 당사자의 입으로 눈앞에서 직접 들으니 그 분노가 걷잡을 수 없이 커졌다.

가슴 한구석에서 무언가가 치밀어 올랐다.

'이건……'

그간 다시 나타난 적이 없어서 잊고 있었던 기운이다.

거대한 심상의 도와 함께 뭉클뭉클 일어나는 패도의 기운.

천선이 한 단계 더 나아가면서 이 기운도 더 커진 것인지 다시금 그 모습을 드러냈다.

오늘 유독 많은 피를 보고, 살기를 흘렸기 때문일까, 천선의 성장 때문일까.

홍원의 온몸에서 진득한 살기가 폭사되었다.

일단 홍원은 그 기운을 눌렀다.

그 기운을 사용하면 자신이 자신이 아니게 되는 느낌이었기 때문이었다.

천선이 강해진 것 때문인지, 이전보다 누르기가 힘들었다.

홍원은 힐끗 교상번을 쳐다보았다.

처음 심상의 도를 보았던 것이 교상번 때문이지 않았던가. 그 이후 오늘이 두 번째 나타난 것이다.

공교롭게도 모두 교상번이 있는 곳에서만 나타났다.

'사혈궁과 악연이 있는 건가?'

이내 머리를 털어 쓸데없는 생각은 날려 버렸다.

"무시무시한 살기로고. 네놈, 검선의 제자가 맞는 것이냐?"

홍원을 향해 창을 겨눈 교중학이 물었다.

그는 검선과 직접 겨뤄본 경험이 있었기에, 홍원의 살기를 접하니 그가 검선의 제자라는 것을 쉬이 믿을 수가 없었다.

"분명 내 사부님이시지."

홍원이 검을 중단의 위치로 들었다.

이어 무유팔절검해의 기수식을 취했다. 교중학의 눈이 잘게 떨렸다.

자신에게 첫 패배의 굴욕을 선사한 검법의 시작이었다. 어찌 그 모습을 잊으랴.

그날의 기억이 떠오르는 듯했다.

교상번의 창도 천천히 움직였다.

혈혈무극귀혼창의 기수식이었다.

그의 몸에서 진득한 살기가 흘러나왔다. 이미 십이 성 대성을 이룬 창법이다.

홍원의 표정이 살짝 변했다.

예전에 교상번이 보여줬던 것은 애들 장난이었다.

꿈속에서 보았던 그 창법과 같았다.

그 당시보다 상당히 앞선 시간이건만, 교중학의 기도는 다르지 않았다.

'그만큼 완성한 상태로 보낸 시간이 길었다는 것이겠지.'

먼저 움직인 것은 홍원이다.

쭉 뻗어나가는 검은 일절간해의 검로를 따라 움직였다. 혈혈무극귀혼창의 웅혼함이 가득 담긴 창이 홍원의 검에 부딪혀 왔다.

챙!

요란한 소리가 시작의 신호였을까.

두 사람의 검과 창이 어지러이 어울리기 시작했다.

상대의 급소와 요혈을 노리며 은밀하면서도 사납게 치고 빠졌다.

서로의 목숨을 노린 일 수, 일 수다.

교중학은 과연 사혈궁의 궁주였고, 오천존의 일좌를 차지한 이였다.

혈혼창제 교중학.

그 명호에 걸맞는 실력을 보여주며 홍원을 상대하고 있었다.

하지만 두 사람의 표정이 현재 상태를 적나라하게 보여주고 있었다.

이를 악물고 창을 휘두르는 교중학과 평온한 얼굴의 장홍원.

누가 우세고 열세인지는 너무나 극명했다.

'대체 검선은 이런 괴물을 어찌 키워낸 것이란 말인가.'

감탄일까, 질시일까, 원망일까.

"타핫!"

커다란 기합성과 함께 진한 창강이 홍원을 향해 떨어져 내렸다.

홍원이 휘두른 검강에 부딪히며 요란한 폭음이 터지더니 사방으로 자욱한 먼지바람이 불어닥쳤다.

교중학은 훌쩍 뒤로 거리를 벌렸다.

"예상은 했지만… 상대가 안 되는군."

씁쓸하게 말했다. 홍원은 그저 그런 그를 보고만 있었다.

홍원의 눈에 물든 분노는 여전했다.

고작 이런 인물 때문에 자신의 평화가 깨졌는가라는 생각이 가득했다.

홍원은 다시금 검을 교중학을 향해 겨눴다.

이제 슬슬 끝낼 때다. 이 정도 어울려 줬으면 충분했다.

교중학은 홍원의 눈빛이 변한 것을 감지했다.

"허, 내가 이런 꼴이라니."

한탄이다.

상상도 못 했으리라, 이런 꼴을 당할 줄은.

교중학은 품으로 손을 가져가 작은 단환을 하나 꺼냈다.

갈등이 가득한 눈으로 단환을 내려다보더니, 결심을 한 듯 단숨에 삼켰다.

홍원은 그 모습을 묵묵히 지켜보았다.

교중학이 어떤 발악을 하든 그를 처리할 자신이 있었다.

단환을 삼킨 교중학은 극적인 변화를 보이고 있었다. 눈이 붉게 물들고 온몸의 혈관이 피부 위로 굵게 튀어 올랐다.

근육도 부풀어 올라 옷이 팽팽해졌다.

그 주위로 휘몰아치는 기운이 조금 전과 비교해 두 배는 늘어났다.

"네놈은 정말 대단한 놈이야. 설마 내가 혈황역천단(血皇逆天
丹)을 먹게 될 줄이야."

교중학의 목소리마저 변했다.

사이하고도 음산하게 울렸다.

"이름만 거창하지, 그저 잠력을 격발시키는 잡스러운 약 같군."

홍원이 피식 웃으며 말했다.

"크하하하하!"

홍원의 말에 교중학은 크게 웃음을 터뜨렸다.

"혈황역천단이 잡스러운 약이라… 오랜만에 아주 웃긴 농을
들었구나."

교중학은 홍원을 날카롭게 쏘아보았다.

"본 궁의 비전으로 만든 신단이다. 잠력을 격발시키는 그런
잡스러운 약이랑은 다르지. 선천진기를 순수하게 모두 사용할
수 있게 하는 신단이니라. 내 한계를 결정짓는 천장을 무너뜨
려 주는 것이지."

그의 몸에서 넘실거리는 기운이 그가 단약 하나로 얼마나
강해졌는지 보여주고 있었다.

"위험한 약을 삼켰군."

선천진기를 사용한다 했다. 한 번 사용하면 쉬이 다시 채울
수 없는 기운이다.

극히 드물게 있는 극상승의 심법이 선천진기를 조금이나마
보충해 줄 수 있다는 풍문만 있을 뿐, 실제하는지는 아무도 모

른다.

생명의 근원인 기운이기에 그 어떤 무인도 섣불리 손대지 않는 기운이다.

"그렇지. 나는 지금 내 생명을 태우고 있으니까."

교중학의 창이 홍원을 향했다.

"어서 네놈을 처리하고 해약을 먹어야 조금이라도 내 생명이 남겠지."

그 말과 동시에 교중학은 홍원을 향해 달려들었다.

홍원이 마주 검을 부딪쳤다.

챙! 챙! 챙! 쾅!

조금 전과는 전혀 다른 사람이 되었다.

창에 실린 힘도, 속도도 그리고 투로마저도 전혀 달랐다.

단숨에 경지가 서너 단계는 뛰어오른 것 같았다.

죽도록 수련하고 명상을 해도 단 한 단계도 오르기 힘든 것이건만.

단약 하나로 이런 변화라니.

'생명을 태운다더니……'

과연 그만큼 극적인 변화였다.

홍원의 검에 조금 더 힘이 실렸다. 온몸을 휘도는 내공의 흐름이 더욱 세차게 변했다.

어느새 앙 다문 홍원의 이에 힘이 살짝 들어가고 있었다.

교중학은 홍원을 대등하게 몰아붙이고 있었다.

"크하하하하! 고작 이 정도더냐! 우습구나!"

약에 취한 것일까, 기운에 취한 것일까.

교중학이 광소를 터뜨렸다.

홍원의 검에 실린 기운이 조금 더 커졌다. 아니, 점점 더 큰 기운을 담았다.

그러자 다시 교중학이 조금씩 밀리고 있었다.

"큭."

그때 홍원이 갑자기 신음을 흘렸다.

거대한 심상의 도가 홍원을 덮친 것이다. 갑자기 강해진 교중학을 상대하기 위해 검에 실은 기운을 늘리는 바람에, 도를 억누르는 것이 조금 소홀해졌다.

심상의 도는 그 틈을 놓치지 않고 튀어나왔다.

그리고 홍원을 집어삼켰다.

홍원의 두 눈도 붉게 변했다.

"이제 한계인 것이냐? 크하하!"

그 모습에 착각을 한 교중학은 광소를 터뜨리며 홍원에게 달려들었다.

혈혈무극귀혼창의 절초가 홍원을 향해 떨어졌다.

그 순간 홍원의 분위기가 일변했다.

세상을 부숴 버릴 듯한 패도적인 기운과 천하를 죽일 듯한 진득한 살기가 섞여 흘러나왔다.

가볍게 휘두르는 검.

그 검에 교중학의 혈혈무극귀혼창은 처참하게 부서졌다.

그의 오른팔이 잘려 날아간 것은 덤이었다.

콰콰콰콰콰쾅!

그리고 그 기운은 곧게 이어져 교중학의 뒤에 있던 사혈궁 본전의 건물을 절반으로 갈라 버렸다.

"으아아악!"

무너지는 건물의 잔해와 흙먼지의 폭풍에 휩싸인 교상번이 죽는다고 비명을 질렀다.

천운인 것인지, 그는 그 와중에 멀쩡했다.

"허."

일순간 넋이 나가 버렸다.

교중학은 그저 입을 벌리고는 홍원을 바라보았다.

이제 끝낼 수 있겠구나 했는데 이런 극적인 상황이라니.

잘린 팔의 통증도 느껴지지 않았다.

무저갱과도 깊은 두 눈이다. 붉은빛과 더해져 요사스러우면서도 공포스럽기 그지없는 눈이다.

그런 눈이 교중학을 바라보고 있었다.

거미줄에 걸린 벌레처럼 아무것도 할 수 없었다.

교중학은 그저 온몸을 부들부들 떨었다.

홍원의 손이 다시금 움직여 검을 들었다. 그리고 교중학을 내려치려는 찰나.

탁.

홍원의 손을 막는 것이 있었다.

다름 아닌 홍원의 왼손.

홍원이 자신의 손으로 자신의 손을 잡은 것이다.

"크윽, 나는 나다."

짧은 중얼거림.

그와 동시에 홍원의 눈빛이 다시 원래대로 돌아왔다. 그리고 그의 몸에서 풍기던 진득한 살기와 패기는 모두 사라졌다.

홍원은 아주 짧은 시간 동안에 자신이 해놓은 것을 보고는 고개를 저었다.

자신이 의도해서 한 것이 아니다.

꿈에 먹혀서 저지른 일이다. 결과가 자신이 의도한 것과 같더라도, 무엇엔가 먹혀서 자신도 모르게 저지르는 일은 사양이었다.

절레절레 고개를 저은 후 교중학을 바라보았다.

어느새 정신을 차려 지혈을 한 듯, 팔에서 흐르는 피는 눈에 띄게 줄어 있었다.

그러나 그는 여전히 넋이 나간 채였다.

그의 몸에서 흘러나오는 강맹한 기운은 그대로였으나, 이미 전의를 상실한 상태였다.

"후우, 어쨌든 이만 끝내지."

작게 중얼거린 홍원이 다시 검을 치켜들었다.

교중학의 눈은 멍하니 초점이 없었다.

진정한 괴수를 보고 겪은 결과였다.

홍원이 막 검을 움직이려는 순간.

쌔액!!!

쾅!!!

어디선가 날아온 창이 요란한 폭음과 함께 홍원의 발 앞에 박혔다.

홍원은 이미 서너 발 뒤로 물러난 상태다.

새빨간 창.

전체가 빨갛게 물든 창은 서서히 그 형체가 옅어지더니 사라졌다.

그저 움푹 파인 땅이 그 자리에 창이 있었음을 알려주었다.

순수하게 강기로만 이루어진 창이었다.

화살도 아니고 창이 순수하게 강기로 이루어지다니. 보통 경지의 실력이 아니었다.

눈앞에 있는 교중학보다도 윗줄의 실력이었다.

사혈궁에 교중학보다도 강한 자가 있었던가.

하지만 홍원은 이미 창의 주인의 기척을 느낀 터다. 그가 누구인지 알 수 있었다.

홍원은 창이 날아온 곳으로 고개를 돌렸다.

하후필과 야율초를 뒤에 두고 천천히 걸어오는 교하운의 모습이 보였다.

그의 얼굴은 침중하게 굳어 있었다.

홍원의 시선이 교하운에게로 향했다.

"오래간만이로군."

무거운 어조로 교하운이 홍원에게 인사를 건넸다.

"그렇군요."

홍원의 목소리 역시 무겁기 그지없었다.

"조금은 좋은 자리에서 만나길 바랐는데… 이런 상황이라니, 내가 너무 미안하군, 장 공."

숭무련에서 마주쳤을 때 홍원이 밝혔던 이름.

장.

교하운은 이미 그가 장이라는 인물임을 알아차린 상태였다.

홍원의 정체가 밝혀지는 순간 알 수밖에 없었다.

그가 어찌 환사역혈변안공을 익혔는지는 여전히 의문이었지만 말이다.

"네놈은 무얼 하다가 이제야 기어 나오느냐!"

언제 정신을 차린 것일까. 교중학의 분노에 찬 외침과 시선이 교하운을 향했다. 교하운은 그런 아버지의 시선을 물끄러미 마주했다.

"그러게 말입니다. 좀 더 빨리 와서 이 미친 짓을 막았어야 했는데……. 저도 무인인지라 쉬이 단초를 놓지 못하겠더군요."

교하운의 입가에는 씁쓸한 웃음이 감돌았다. 그것은 진한 후회였다.

자신이 지금까지 그 끝을 붙잡고 마침내 얻어낸 깨달음이 과연 그럴 만한 가치가 있었을까 하는 의문도 함께 있었다.

이곳에 와서 펼쳐진 참상을 보니 그런 생각이 들었다.

"뭣이라?"

교하운의 말에 노호성을 터뜨리던 교중학의 눈가가 꿈틀했다.

"그러고 보니 네 녀석……."

교중학이 말을 채 잇지 못했다.

자신의 아들이 이미 자신과 엇비슷한 경지에 올랐음은 짐작하고 있었다.

한데 지금은 눈앞에 있는 아들이건만 그 경지를 쉬이 짐작할 수가 없었다.

자신은 현재 선천진기까지 끌어 쓰고 있는데도 말이다.

"무슨 일이 있었던 거냐?"

교중학의 말끝이 살짝 떨렸다.

불과 며칠 사이에 이렇게 달라진 아들의 모습을 믿을 수가 없었다.

"소성을 이루었습니다."

"소성?"

혈혈무극귀혼창을 말함이리라.

하지만 그것에 교중학 자신은 대성을 이루지 않았던가.

"대성이라 생각했던 것이 대성이 아니었던 게지요."

교하운의 말에 교중학은 믿을 수 없다는 듯 눈을 부릅떴다.

"그럴 리가 없다."

"저는 이번에 알았습니다. 무공의 길에는 결코 완성이라는 게 없음을 말입니다. 결국 대성이란 있을 수가 없지요. 그저 작은 성취를 쌓아올려 가는 것뿐입니다."

교하운의 말에는 깨달음을 얻은 자의 여유와 겸손이 가득했다.

극적이었다.

홍원이 정문에 도착하여 환영진을 깨부수는 일격을 가했을 때.

사혈궁 전체를 아우르는 그 위력을 기감으로 느끼며 하나의 단초를 잡았다. 계속해서 간질이던 그것이었다.

깨달음은 아주 짧은 순간에 찾아왔다.

그것을 정리하고 급히 이곳을 찾은 것이 지금이었다.

교중학은 그런 아들의 모습을 믿을 수 없다는 듯 바라보다가, 고개를 획 돌렸다.

그의 시선이 홍원을 향했다.

"됐다. 그건 나중에 이야기할 일이다. 일단은 저놈부터 쓰러뜨려야 한다."

언제 겁에 질려 넋이 나갔냐는 듯 교중학은 홍원을 노려보았다.

그러는 동안에도 교중학의 선천진기는 빠른 속도로 빠져나가고 있었다.

"운이 네 녀석이 왔으니 이제는 네가 상대하거라."

죽음 직전에 아들의 개입으로 그 위기에서 벗어나니 생에 다시금 집착이 생긴 듯했다. 생명을 태워 홍원과 싸우겠다는 기개는 어느새 사라지고 없었다.

자신을 대신해 싸울 아들도 왔겠다.

더 이상은 한계라 생각했는지 교중학은 왼손을 품에 넣었다.

혈황역천단의 해약을 복용하기 위해서였다. 더 이상은 무리였다.

이대로는 정말로 생명이 위험했다.

품을 뒤지던 교중학의 얼굴이 당황한 기색으로 물들었다. 이어 정신없이 품을 뒤지기 시작했다.

"이, 이럴 수가… 그게 어디에……."

교하운은 아버지의 당황한 모습에 그 이유를 금세 짐작했다.

"혈황역천단의 해약이 없으신 겁니까?"

이곳에 도착해서 아버지의 상태를 보는 것만으로도 혈황역천단의 복용을 짐작하고 있었다.

교중학은 무겁게 고개를 끄덕였다.

혈황역천단이 열어버린 선천진기의 통로. 그것을 다시 닫으려면 혈황역천단의 약력을 억누르는 해약이 필요했다.

조금 전 홍원의 일격에 한쪽 팔이 날아갈 때, 아마도 해약도 함께 날아간 듯했다.

"너, 너는 해약을 가지고 있느냐?"

교중학의 목소리가 떨려 나왔다.

교하운은 어두운 얼굴로 고개를 저었다.

"누, 누구 가진 사람 없는가? 문상! 그대는!"

언제 근처에 다가온 것일까. 피에 물든 왼팔을 대강 옷자락으로 감싼 문인백송은 고개를 저었다.

교중학의 얼굴은 점점 공포로 물들어가고 있었다.

그것은 홍원을 상대할 때와는 다른 얼굴이었다.

죽음에 대한 원초적인 공포였다.

교중학은 지금 시간이 갈수록 자신의 생기가 빠져나가고 있음을 절실히 느끼고 있었다.

그것은 곧 죽음이 그만큼 가까워지고 있다는 의미.

사혈궁의 궁주답지 않게 점점 겁에 질려가고 있었다.

그는 이미 홍원은 안중에도 없었다.

"신, 신약전. 그래, 신약전!"

사혈궁의 모든 영약을 모아두는 창고였다. 그곳이라면 혈황역천단의 해약이 있었다.

그 위치는 본전의 바로 뒤였다.

보관하고 있는 영약들의 엄청난 가치 때문에 최고의 경계를 펼칠 수 있는 본전 바로 뒤에 위치해 있었다.

교중학은 황급히 신약전이 있는 장소로 몸을 날렸다.

홍원을 비롯해 교하운과 하후필, 아율초, 문인백송을 그런 그의 모습을 물끄러미 바라보았다.

추했다.

너무도 추했다.

오천존의 일인이라는 그의 모습이라 보기에는 차마 봐줄 수가 없을 정도였다.

"그래도 계산은 끝내야지."

작게 중얼거린 홍원이 천천히 움직였다. 교중학의 뒤를 쫓는 것이다.

교하운은 그런 홍원을 막지 않았다. 문인백송도 그저 가만히 바라보고 있을 뿐이다.

홍원이 교중학의 뒤에 도착했을 때.

그는 멍한 얼굴로 온몸을 부들부들 떨고 있었다.

신약전이 무너져 있었다.

본전을 갈라 버린 홍원의 일격은 거기서 멈추지 않고, 그 여파로 신약전까지 무너뜨린 것이다.

"이, 이럴 순 없어… 이럴 순 없어!"

그는 미친 듯이 신약전의 잔해를 뒤졌다. 왼팔 하나로 정신없이 잔해를 파헤쳤다.

선천진기를 사용해 강해진 만큼 잔해를 뒤지는 속도는 무척 빨랐다.

이제 선천진기를 위험한 수준까지 사용했음인가.

그의 얼굴에 주름이 하나씩 늘어나기 시작했다. 커다랗게 부풀었던 몸도 점점 줄어들었다.

검을 치켜들던 홍원은 팔을 내리고 가만히 그 모습을 바라보았다.

"으, 으으으……."

시간에 쫓기듯 잔해를 파헤치는 교중학.

"차, 찾았다!"

그의 간절함이 닿은 것일까.

그는 무너진 잔해 속에서 기적적으로 혈황역천단의 해약을 찾았다.

허겁지겁 목함을 열고 해약을 입안으로 쑤셔 넣었다. 한 손밖에 없었기에 급한 마음에도 쉬이 되지 않았으나 결국은 먹었다.

"후우, 후우……."

그의 얼굴은 안도감으로 가득했다.

하지만 얼굴은 이미 마른 고목과 같이 주름으로 뒤덮여 있었고, 팔도 앙상하게 뼈만 남았다.

"어, 어서… 저놈을 끝장… 내… 하아… 하아……."

교중학은 가쁜 숨을 몰아쉬며, 어느새 나타난 교하운에게 힘겹게 말했다.

교하운은 그저 슬픈 눈으로 그런 자신의 아버지를 바라보았다.

홍원은 묵묵히 교중학을 쳐다보았다.

"하… 아… 하… 아……."

가쁜 숨을 몰아쉬던 교중학의 호흡이 점차 가늘어지는가 싶더니 그대로 절명했다.

이미 선천진기를 모두 소모한 뒤에야 해약을 먹은 것이다.

"덧없군."

홍원이 나직이 중얼거렸다.

몸을 돌리자 교하운이 서 있었다. 그가 그곳에 있음은 진즉 느끼고 있었다.

그의 한 손에는 교상번이 잡혀 있었다.

"복수할 거요?"

짧은 물음에 교하운은 고개를 저었다.

"아버님은 스스로의 욕심에 먹혀 버리신 거야."

홍원의 시선이 교상번에게 향했다.

"으으으으……."

그는 고통에 찬 신음을 흘리고 있었다.

찬찬히 교상번의 몸을 살피던 홍원의 얼굴에 놀람의 기색이 떠올랐다.

"염치없는 부탁임은 알고 있네만… 이 녀석은 이 정도로 끝내는 게 어떻겠는가?"

교상번의 단전이 완벽하게 파괴되어 있었다.

이미 교상번은 지난번에 홍원에게 당한 상처 때문에 내공이 없으면 제대로 된 생활이 불가능할 정도였다.

사지의 뼈를 자근자근 부숴놓았기에, 내공을 어느 정도 회복해야 그나마 보통의 생활을 할 가능성이 있는 상태였다.

사혈궁의 의원들이 모두 달려들어 치료한 것이 그 정도다.

한데 단전을 부숴 버렸다.

아비가 아들의 단전을.

남은 삶은 고통으로 가득할 것이 절로 눈에 보였다.

"자식 같지도 않은 자식이지만… 그래도 내 자식이니 차마 내 눈앞에서 죽는 꼴을 보지는 못하겠어. 그렇다고 내가 자네를 막아낼 수도 있는 것이 아니고 말이야……. 아버님은 방법이 없었다지만, 이놈은 작은 방도라도 있을 듯해서 말이야."

저것이 부정일까?

홍원은 긴장 가득한 눈으로 자신을 바라보는 교하운의 모습에서 문득 자신의 아버지를 떠올렸다.

아버지란 그런 존재였다.

홍원은 작게 고개를 끄덕였다.

교하운의 얼굴에 안도의 기색이 퍼져 나갔다.

홍원은 그들을 지나쳐 걸음을 옮겼다.

이제는 돌아갈 때였다.

본전을 지나 무수한 혈투를 벌였던 그곳에 도착했을 때, 교하운이 황급히 달려왔다.

홍원의 눈이 교하운에게로 향했다.

"무척 무례한 부탁임을 아네만… 나와 한번 겨뤄줄 수 있겠는가?"

그의 두 눈은 무인의 호승심으로 가득했다.

자신이 얻은 심득을 모두 펼쳐보고자 하는 욕망으로 가득했다.

그를 보자니 가슴 한곳의 살심이 갑자기 솟구쳐 올랐다.

애써 억눌렀지만 미친 듯이 날뛰는 녀석을 제어하는 것이 쉽지 않았다.

아무래도 한바탕 풀어내야 할 것 같았다.

살풀이를 하는 김에 한번 어울려 주는 것도 나쁘지 않을 것 같다는 생각이 들었다.

사실 교하운의 경지에 궁금함이 생기기도 했다.

지금까지 만난 모든 사람들보다 훨씬 강한 기세가 느껴졌기 때문이다.

지난번 마지막으로 만났을 때와는 전혀 다른 모습이었다.

사별삼일이면 괄목상대라 하지만 교하운의 성장은 홍원으로서도 무척 놀라운 수준이었다.

홍원은 천천히 검을 뽑았다.

무유팔절검해의 기수식을 취했다.

살기를 날려 버리려면 역시 무유팔절검해였다.

"고맙네."

교하운은 진심을 다해 허리를 숙였다.

그가 한쪽으로 손을 뻗자, 야율초가 등에 지고 있던 창을 던졌다.

창을 쥔 교하운의 기세가 변했다.

장엄하고도 흉폭했다.

혈황역천단을 복용한 교중학은 비교도 안 될 정도로 강맹한 기세였다.

창을 겨눈 그의 등 뒤로 또 다른 창이 나타났다.

새빨간 강기로만 이루어진 창이었다.

'아까 날아왔던 것이로군.'

두 자루의 창으로 펼쳐지는 혈혈무극귀혼창.

과연 어떤 무공일지 궁금했다. 교중학이 펼쳤던 것과는 전혀 다른 무공이리라.

한 단계 더 나아갔다는 말은 과연 진실이었다.

두 사람의 눈이 허공에서 얽혔다.

그 순간 붉은 창이 날아왔다. 홍원이 그 창을 쳐내자 교하운의 창이 홍원의 가슴을 노리고 날아들었다.

재빨리 몸을 움직여 창을 피한 후 교하운의 허리를 쓸어가자 붉은 창은 홍원의 등을 노렸다.

강력한 무위를 가진 두 사람을 상대하는 기분이었다.

교하운이 쥐고 있는 창도 붉게 물들었다.

강기로 완전히 뒤덮인 것이다.

홍원의 검이 새하얗게 빛났다.

붉은 창 두 자루가 쉬지 않고 홍원에게 달려들었다. 홍원의 검은 그 공격을 모두 쳐내며 반격도 가했다.

'혈창과 혈창이로군.'

홍원은 문득 교하운의 무공의 이름을 떠올렸다.

'혈혈무극귀혼… 과연 이래서 혈혈이란 것인가?'

적어도 무공의 깊이에 있어서는 교하운이 교중학보다 몇 수는 위였다.

하지만 홍원에게는 미치지 못한다.

홍원의 검의 움직임이 더욱 복잡해졌다.

무유팔절검해가 그 본모습을 드러내고 있었다.

키이이이이익!

요사스러운 소리가 울렸다.

창이 휘둘러지며 나는 소리였으나, 마치 귀곡성과 같았다.

귀혼이었다.

징~~~!

그러나 무유팔절검해가 울려낸 검명이 귀곡성을 집어삼켰다.

홍원이 점점 교하운을 압도하기 시작했다.

두 사람은 점점 서로를 잊고 자신을 잊으며 각자의 무공에 빠져들었다.

마치 합을 미리 맞추고 검무와 창무를 추는 듯한 모습이다.

그 자리에 있던 세 사람은 어느새 넋을 잃고 그 모습을 멍하니 바라보았다.

쾅!

요란한 소리와 함께 두 사람이 거리를 벌렸다.

"후우, 후우."

"하아."

각자 호흡을 고르는 두 사람.

그만큼 격렬하고 엄청난 부딪힘이었다.

홍원의 시선이 강기만으로 이루어진 창으로 향했다. 상대를 하고 있자니 문득 새로운 생각이 들었다.

'나도 만들 수 있을 것 같은데?'

교하운의 강기창은 아마도 혈혈무극귀혼창의 구결에 따라 만들어졌을 것이다.

때문에 일반적인 강기와는 조금 궤를 달리할 수도 있었다.

홍원은 당연히 그 구결을 모른다.

결국 허공에 순수하게 자신의 내공으로 강기를 형상화해 검을 만들어야 했다.

작은 화살 정도의 크기는 이미 가능하다. 시강을 형성해서 사용하지 않았던가.

하지만 검과 같은 크기는 해본 적이 없었다.

눈앞에서 보지 않았다면 굳이 시도해 볼 생각도 하지 않았을 것이다.

'강기로 창을 형성해서, 이기어창과 같이 사용한다라.'

혈혈무극귀혼창은 분명 대단한 무공이었다.

그 깊이가 홍원으로서도 감탄이 나올 정도였다.

결국 강기와 이기어창의 묘리가 숨어 있는 무공이 아니던가.

'그걸 깨달은 저 사람도 대단하고.'

홍원이 교하운을 바라보았다.

교하운은 먼저 움직일 생각이 없는 듯 자세를 취한 채 홍원을 바라보고 있었다.

홍원은 의념을 집중했다. 그 위치는 자신의 검 오른쪽 한 척(약 30cm)의 위치였다.

허공에 하얀색 소용돌이가 치기 시작했다.

그 모습을 본 교하운의 눈가가 꿈틀 움직였다.

'설마?'

혹시나 하는 생각이 들었지만 이내 고개를 저었다. 아닐 것이다.

홍원이 어찌 사혈궁의 독문무공을 익혔는지 알 수 없지만, 혈혈무극귀혼창만은 아니다.

이것은 아무 곳에서나 익힐 수 있는 무공이 아니었기에.

그러나 그런 교하운의 생각은 여지없이 부서졌다.

영롱히 새하얗게 빛나는 검의 형체가 완성되어 홍원의 곁에 둥둥 떠 있었다.

'허.'

홍원은 속으로 깊은 숨을 들이켰다.

강기검이 완성되는 순간, 내공의 삼분지 일이 훅 빠져나갔다. 천선의 공능으로 지속적으로 내공을 회복하고 있지만, 강기검을 유지만 하는 데도 그 정도 내공이 지속적으로 소모가 되어 그 상태를 유지하는 것이 고작이었다.

홍원은 새삼스러운 눈으로 교하운을 바라보았다.

'대체 내공의 양이 얼마나 많다는 것인지……'

교하운은 홍원과 달리 지속적으로 내공을 회복하지는 못할 것이다.

그럼에도 저렇게 강기창을 유지하고 있다니.

그 내공의 넓이와 깊이를 쉬이 짐작할 수 없었다. 과연 사혈궁의 소궁주 답게 수많은 영약으로 내공을 키운 것이 아닐까란 생각이 들었다.

"자네는 정말로 괴물이로군."

교하운의 음성에는 허탈함이 가득했다.

자신이 어떻게 깨달은 혈혈무극귀혼창의 오의이던가. 그것을 잠시 맞상대하는 것만으로 저렇게 가지고 가버리다니.

"과찬이십니다."

검의 맞댐으로 마음이 풀린 것일까. 홍원의 어조가 많이 부드러워져 있었고, 어느새 제대로 된 존대를 하고 있었다.

"그럼 다시 가지."

마음이 바뀐 것인지, 교하운이 먼저 움직였다.

어우러짐의 양상이 조금 달라졌다. 점점 압도했던 홍원이 이번에는 조금씩 밀리고 있었다.

두 개의 검을 사용하는 데 익숙하지 않은 탓이다.

그리고 또 다른 이유도 있었다.

'흑운은 무유팔절검해, 그리고 강기검은 천선. 쉽지 않군.'

홍원은 현재 두 가지 무공을 각기 다른 검으로 동시에 펼치고 있었다.

때문에 중간중간 서로의 경로가 부딪히거나 꼬이는 부분이 생겼기에 교하운에게 조금씩 밀리는 것이다. 교하운은 그런 틈을 놓칠 이가 아니었다.

하지만 시간은 홍원의 편이었다.

시간이 갈수록 홍원의 움직임이 점차 정교해졌고, 점점 어색함도 사라져 물 흐르듯이 자연스러워지고 있었다.

천선심법이 가진 분심의 공능의 도움이 컸다.

다시 부딪히기 시작하고 일각(약 15분)이라는 시간이 흘렀다.

"타핫!"

교하운의 커다란 기합과 함께 강기 창이 홍원의 발 앞에 꽂혔다.

콰쾅!

그리고 곧바로 강기가 폭발했다.

홍원이 만들어낸 검막이 강기의 폭발을 모두 막았다. 다시 교하운에게 시선을 돌렸을 때, 그는 멀찍이 물러서 포권을 하고 있었다.

"내가 졌네. 가르침에 감사하네."

그 모습에 홍원은 웃음 지으며 검을 검집에 넣었다. 강기검도 어느새 사라졌다.

"별말씀을. 저에게도 큰 득이 되는 대련이었습니다."

교하운의 몸에서 뿜어져 나오는 기세가 어느새 잔잔해져 있었다.

그는 온몸이 땀에 젖어 있었으며, 호흡도 제법 거칠었다.

무엇보다 얼굴이 창백하게 질린 것이, 가진 바 모든 내공을 소모한 것 같았다.

홍원과 대련에 소모한 시간은 이각 남짓이다.

겨우 그 정도 시간에 내공을 모두 사용할 정도로 내공 소모가 극심한 무공이었다.

"한데 자네는 어찌 혈혈무극귀혼창의 요결을 아는 것인가?"

진심으로 궁금한 듯 물었다. 어떻게 보면 굉장히 심각한 일이었지만, 교하운은 아무것도 아니라는 듯한 얼굴이었다.

"모릅니다."

홍원이 고개를 저었다.

"모른다고? 그러면?"

"그냥 강기로 만들었을 뿐입니다."

"뭐라?"

교하운이 믿을 수 없다는 얼굴로 홍원을 바라보았다.

"자네, 대체 내공이 얼마나 대단한 건가?"

역시 홍원의 예상대로 내공의 소모를 줄이며 강기창을 만들어내는 요결이 있는 듯했다.

"저보다는 소궁주, 아니, 궁주가 대단한 내공을 지니셨더군요."

궁주라는 호칭에 교하운의 얼굴이 흠칫 굳었다.

대련에 빠져 잊고 있던 것을 떠올렸다.

"그렇지. 이제는 내가 궁주가 되어야지."

그의 어조가 무겁게 변했다.

사실 둘 사이는 이렇게 웃으며 무공을 논하기에는 여러 가지가 걸렸다.

이전에는 몰랐으나, 적어도 지금 이 순간은 그랬다.

"자네는 이제 어찌할 것인가?"

"이곳에서의 일은 끝이 났으니 돌아가야지요."

"읍성으로?"

이어진 물음에 홍원은 천천히 자신의 내면을 관조했다.

교하운과 한바탕 어울리면서 제법 많은 양의 살기가 빠져나갔으나, 현재 남아 있는 것은 그와 비교도 안 될 정도로 어마어마한 양이었다.

이곳에서의 혈사 때문이었다.

그만큼 많은 피를 홍원의 손에 묻혔으니.

이 상태로 가족에게 돌아가는 것은 조금 곤란할 것 같았다.

"잠시 견문을 좀 넓힐 생각입니다."

"허, 자네가 더 넓힐 견문이 있는가? 자네 한 사람에게 사혈궁 본 궁의 전력 칠 할이 박살이 났네. 지부들이 남아 있긴 하지만… 지부의 전력을 생각해도 사혈궁 전체 전력의 오 할 가까이가 사라졌어."

그야말로 엄청난 신위였다.

중원 사대세력 중 한 곳의 절반을 지워 버린 것이다.

홍원은 그 말에 아무런 대답도 하지 않았다. 먼저 싸움을 건 것은 사혈궁이었으니.

"궁주의 실력이라면… 큰 문제는 안 될 것 같습니다."

홍원의 말대로였다.

교하운의 실력은 대단했다.

홍원은 이미 숭무련주와 경천회주를 모두 만나보았다. 그들 둘이 합공을 해야 겨우 교하운과 동수를 이루지 않을까란 생각이 들었다.

교하운은 이미 전술을 파괴할 정도의 힘을 손에 넣은 절대자였다.

그가 버티고 있는 한 전력의 절반이 날아갔다 하더라도 사혈궁은 쉬이 쓰러지지 않을 것이다.

홍원 자신이 홀로 사혈궁의 절반을 날려 버렸듯, 교하운 역시 홀로 엄청난 신위를 보일 수 있으니.

문인백송과 하후필, 야율초가 어느새 교하운의 뒤로 다가와 섰다.

그들 넷을 보니 사혈궁이 이전보다 더욱 단단해 보이는 느낌이었다.

"문상, 정확히 우리의 피해는 어느 정도지?"

"본 궁과 지부의 모든 전력을 산정했을 때, 사 할 칠 푼 정도의 전력이 사라졌습니다, 궁주님."

어느새 계산을 마친 것일까, 즉각 대답이 나왔다. 문인백송도 교하운을 궁주라 칭했다.

"후우."

구체적인 수치를 들으니 절로 한숨이 나왔다. 자신이 대강 계산한 것보다는 적었지만, 그래봐야 고작 삼 푼 차이 아닌가.

사혈국을 속속들이 파악하는 문상이었으니, 아마 이번 일을 수습하며 파악하더라도 비슷한 결과가 나올 것이다.

교하운이 홍원을 바라보았다.

대단하다는 말로는 부족한 인물이었다.

홍원을 향해 천천히 걸음을 옮겼다.

홍원과 일 장(약 3미터) 정도 떨어진 위치에 도달했을 때.

교하운은 천천히 허리를 숙였다.

그리고 바닥에 무릎을 꿇었다.

"구, 궁주님!"

"주군!"

갑작스러운 교하운의 행동에 수하들은 깜짝 놀랐다.

"정말 미안하네. 이런 어처구니없는 일에 휘말리게 해서. 아버지를 말리지 못한 내 자신이 정말 후회스럽군. 그리고 정말 고맙네. 이 정도에서 멈춰줘서. 사혈궁을 남겨줘서."

그리고 가만히 고개를 숙였다.

홍원은 아무런 말도 하지 않았다.

잠시 후 교하운은 몸을 일으켰다. 그리고 품에서 패를 하나 꺼내 홍원에게 건넸다.

홍원은 의문이 가득한 시선으로 교하운을 바라보았다.

"견문을 넓힌다고 하였지? 천하를 유람할 때 나름 도움이 될 걸세."

그것은 은판음각금자패(銀板陰刻金字牌)였다.

모용연이 지닌 것을 예전에 본 적이 있었다. 왕족에 준하는 신분임을 증명하는 패.

"자네라면 위험할 일도 없겠지만, 그래도 귀찮은 일이 생기지 않게 도움을 줄 걸세."

"잘 쓰도록 하지요."

홍원은 굳이 거절하지 않았다.

교하운의 말대로 귀찮은 일을 손쉽게 해결할 수 있는 수단이었다.

홍원은 몸을 돌려 걸음을 옮겼다.

들어올 때와 달리 홍원의 앞을 막는 것은 아무것도 없었다.

교하운과 수하들은 그 뒷모습을 물끄러미 바라보았다.

"검선의 경지는 이미 아득히 뛰어넘은 것 같군."

교하운의 말에 세 사람은 고개를 끄덕였다.

"앞으로 경천회와의 관계를 잘 유지해야 할 듯합니다."

문인백송의 말에 모두들 동감했다.

홍원이 나선 이유도 결국은 경천회 때문이 아니던가.

더 정확히는 경천회에 있는 가족들 때문이었지만, 그들이 그 사실을 알 수는 없었다.

"궁의 전력을 회복하는 데 시간이 얼마나 걸릴 것 같은가?"

교하운의 물음에 문인백송과 하후필이 생각에 잠겼다.

"못해도 삼사 년은 걸릴 듯합니다."

문인백송의 대답에 하후필이 고개를 끄덕였다. 그도 같은 결론을 내린 것이다.

"그럼 거의 봉문에 가깝게 정비를 해야겠군."

"그 전에 해주실 일이 있습니다."

문인백송의 말에 교하운의 시선이 그를 향했다.

"아마도 숭무련이 움직일지도 모릅니다. 오늘 이 일이 소문이 안 날 수 없으니까요."

그의 말대로였다.

큰 상처를 입은 맹수는 다른 맹수들의 먹잇감이 되게 마련이다.

"사실 저는 전 본전이 무너질 때, 사혈궁은 끝장이라 생각했습니다. 남아 있는 전력으로 과연 다른 세력들의 공격을 막을 수 있을까 생각을 해보니… 절망적이었으니까요."

문인백송의 말은 너무나 당연한 사실이었다. 본 궁 전력의 칠 할이 사라진 다음이었으니.

"그런데 궁주님께서 장 공자와 비무를 하시는 모습을 보고 희망을 얻었습니다. 능히 버틸 수 있겠다는 생각이 들었지요. 궁주님도 이미 충분히 괴물의 반열에 드셨으니까요."

"나에게 바라는 게 있는 것 같군, 문상."

"숭무련에게 무력시위를 해주시면 좋을 것 같습니다."

짧은 대답이었지만, 교하운은 문인백송이 의도하는 바를 모두 이해했다.

"아무래도 궁주가 되자마자 궁을 떠나야겠군."

그런 너스레에도 하후필과 야율초는 믿음직스러운 시선을 교하운에게 보냈다.

깨달음의 실마리가 보인다고 했을 때만 해도 반신반의했건만 이런 신위를 보이다니.

"그래도 아쉽군. 혈혈과 귀혼만 얻고 무극은 얻지 못했어. 무극까지 얻었다면 어찌 됐을까?"

교하운의 시선은 홍원이 사라진 곳을 향하고 있었다.

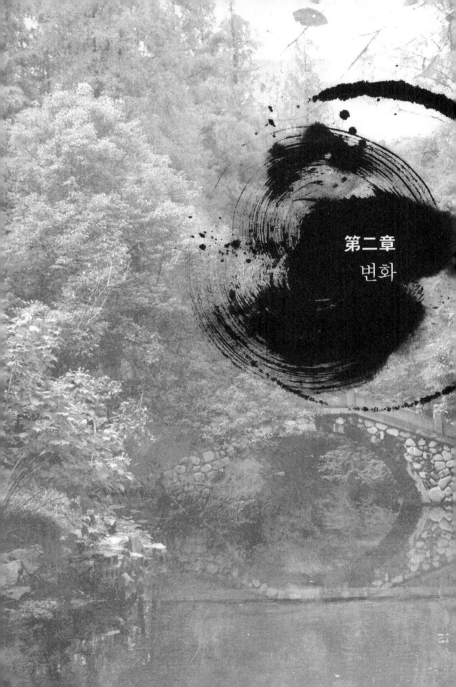

第二章
변화

　외부에서 사혈궁을 주시하는 눈은 아주 많았다.

　사대세력 중 한 곳이었기에, 끊임없이 세작들이 주변을 맴돌 았다.

　숭무련, 마황성, 경천회.

　다른 사대세력에서 보낸 이들과 천선문에서 보낸 이들, 그리 고 어느 정도 규모가 있는 방파에서 보낸 이들까지 그 수는 이 루 말할 수 없었다.

　그런 세작들의 눈과 귀가 사혈궁에 집중되었었다.

　정확히는 홍원이 사혈궁의 정문을 부수고 들어간 그때부터 였다.

　최근 사혈궁의 분위기가 심상치 않은 것을 느끼고 예의 주시하고 있었는데, 웬 미친놈이 사혈궁의 정문을 부숴 버린 것이다.

그리고 이내 그 미친놈의 정체를 알아낼 수 있었다.

워낙 충격적으로 강호에 그 등장을 알렸기 때문이다.

검선의 제자, 장홍원.

그가 사혈궁의 정문을 부수고 난입했다는 소식을 가진 전서 응들이 수없이 날아올랐고, 세작들은 계속해서 사혈궁을 지켜 보고 있었다.

궁금함을 참지 못하는 몇몇은 사혈궁의 담장을 넘을까 고민 하기도 했지만 실행하지는 못했다.

내공을 집중한 귀를 쫑긋 세워 바깥으로 울리는 소리를 들 으면 더욱더 안의 상황이 궁금했지만, 차마 안으로 들어가는 이는 없었다.

그렇게 얼마나 기다렸을까.

들어갔을 때의 모습 그대로 홍원이 담담한 얼굴로 걸어 나 왔다.

안에서 무슨 일이 있었던 것일까?

미치도록 궁금했지만 홍원에게 물어볼 수도, 다가갈 수도 없 었다.

'많이도 몰려왔군.'

홍원은 그런 이들의 기척을 모두 느낄 수 있었다.

그러나 자신과는 상관없는 일이라는 양, 홍원은 그저 갈 길 을 재촉했다.

마음 같아서는 객잔에 방을 잡고 따뜻한 목욕을 한 후 푹 쉬고 싶었다.

하지만 아무리 홍원이라 해도, 사혈궁의 본 궁이 있는 이 성에서 그렇게 한가하게 쉴 수는 없을 듯했다.

그랬기에 걸음을 빨리했다.

빨리 다른 성으로 가서 푹 쉬고 싶었다.

시종일관 당당하고 오연한 모습을 보였지만, 심신은 상당히 지친 상태였다.

어찌 그렇지 않겠는가.

혼자서 사혈궁을 상대하다시피 했는데.

세작들은 그렇게 멀어지는 홍원의 뒷모습을 지켜보다가 다시 사혈궁으로 감각을 집중했다.

분명 무언가 큰일이 벌어졌다.

성을 벗어난 후 홍원은 빠른 속도로 경공을 펼쳐, 해가 질 무렵 다른 성에 들어설 수 있었다.

이틀 전에 지나쳤던 곳이었다.

사혈궁으로 들어서기 전 마지막으로 사람들이 휴식을 취하며 정비를 하는 곳으로 그 규모는 제법 컸다.

그래도 오가는 사람들이 많은 길목에 위치한 관문과도 같았기 때문이다.

홍원은 눈에 가장 먼저 들어온 객잔에 들어가서 방을 잡고 나무 욕조에 몸을 푹 담갔다.

욕실이 함께 있는 가장 좋은 방이었다.

오늘 하룻밤만은 이렇게 푹 쉬고 싶었다.

하루라는 시간이었지만 많은 것을 겪은 날이다. 마치 일 년처럼 긴 하루였다.

홍원은 그렇게 피로를 풀고 침상에 누워 깊은 잠에 빠졌다.

홍원이 잠에 빠진 사이, 수많은 전서웅이 쉴 새 없이 날아올랐다.

교하운과 문인백송 모두 그런 사실을 알았지만 그냥 두었다.

정확히는 그들에게까지 신경을 쓸 여력이 없었다.

승리한 홍원은 달콤할 휴식을 취할 여유가 있을지 몰라도, 그들은 오히려 홍원이 떠난 후가 더 큰일이었다.

철저히 망가진 사혈궁을 수습하려면 앞으로 몇 날 밤을 새워야 할지 몰랐다.

그리고 교하운은 그 와중에 숭무련을 견제하기 위해 움직여야 했다.

궁주로서 최대한 급한 일은 해결을 해야 했다.

다음 날 날이 밝는 대로 떠날 예정이었기에 더욱 바빴다.

그러니 세작들에게 신경 쓸 여력이 없는 것이다.

숨기기도 힘들었기에 그냥 두었다.

어차피 알려질 일 아니던가.

그래서 숭무련으로 급박하게 떠나려는 것이다. 아마도 오늘내일 새벽이면 나머지 세력들에서 현재 사혈궁의 상황을 대강이나마 알게 될 테니 말이다.

깊은 숙면은 피로를 충분히 풀어주었다.

아침 햇살을 맞으며 눈을 뜬 홍원은 산뜻하고 가벼운 몸 상태에 만족스러운 미소를 지었다.

간단하게 아침을 해결한 홍원은 빠르게 움직였다.

일단은 경천회로 향했다.

당장 아무 소식 없이 훌쩍 떠날 수는 없었다. 지금도 몸속에서 아우성치는 살기들 때문에 가족들은 보지 않을 생각이었지만, 다른 이는 만나야 했다.

홍원은 전력을 다해 경공을 펼쳤다.

남동성도 광평성에 도착한 것은 그로부터 이틀이 지난 후였다.

이틀 간 그야말로 쉬지 않고 달렸다.

마황성과의 싸움이 한창일 텐데 광평성의 모습은 평화롭기 그지없었다.

전선이 어찌 되어가고 있는지는 홍원이 알 길이 없었다. 오직 사혈궁에만 집중하고, 바로 이곳으로 왔기 때문이다.

그래도 광평성의 분위기를 보아서는 당장 큰 변화는 없는 듯했다.

홍원은 은밀히 경천회 내부로 스며들었다.

여전히 홍원을 눈치채는 이는 없었다. 아니, 마황성과의 전쟁으로 수많은 전력이 빠져나간 덕에 오히려 침투가 더 쉬웠다.

'이건 좀 곤란할지도 모르겠는데.'

자신의 가족들이 있는 곳이 이렇다는 것을 알게 되니 걱정도 생겼다.

홍원은 손쉽게 모용연의 거처 근처에 접근할 수 있었다. 그녀의 기척이 느껴졌기에 전음으로 그녀를 불렀다.

그리고 홍원은 곧장 문상인 심온이 있는 곳으로 향했다. 전음으로 그곳에서 만나자고 말을 전한 터다.

심온은 자신의 집무실에서 정신없이 업무에 집중하고 있었다. 그 업무의 대부분은 마황성과의 전쟁에 관한 것들이었다.

다행히 아직은 백중세를 유지하고 있었다.

"후우, 하지만 이제는 모르겠어… 사혈궁이 그 꼴이 났으니."

심온은 고개를 젖히고 뒷목을 어루만졌다.

근육이 뭉쳐 돌처럼 딱딱하게 굳어 있었다. 내공도 소용이 없었다.

최근에 받은 어마어마한 압박과 과중한 업무까지 겹치니 도리가 없는 것이다.

그 와중에 오늘 이른 아침에 도착한 보고서를 보고 있자니 어찌해야 할지 감이 잡히지 않았다.

사혈궁이 단 한 사람에 의해 무너졌다.

그 사람을 그곳으로 보낸 이는 자신들이었다. 아니, 정확히는 그 사람이 출발한 곳이 경천회였다.

"설마 그 정도일 줄이야……."

그날 깊은 밤, 홀쩍 떠나던 그의 뒷모습이 떠올랐다.

그때.

집무실의 문이 스르륵 열렸다.

은신하여 심온을 지키던 수신호위들이 대경하여 그의 곁으로 떨어져 내렸다.

이렇게 누군가가 들어올 때까지 아무것도 느끼지 못하다니.

심온도 깜짝 놀랐으나, 금세 진정했다.

문을 열고 들어온 이는 자신이 방금 뒷모습을 떠올리던 그였으니까.

사혈궁을 단신으로 박살을 낸 홍원이라면 충분히 가능한 일이라는 생각이 들었다.

심온은 손을 저어 수신호위들을 물렸다.

"대단하군요. 대륙 제일의 살수라는 죽림보다도 더 뛰어날지도 모르겠습니다."

심온의 말에 홍원은 피식 웃었다.

그 죽림이 지금 눈앞에 있는 줄도 모르는 심온의 말 때문이다.

"그렇지 않아도 오늘 아침에 소식을 들은 참입니다. 정말 대단한 일을 해내셨더군요."

홍원은 심온이 권하는 다탁 앞에 앉았다.

"운이 좋았습니다."

그저 예의상 하는 대답일 게다. 그게 운이 좋다고 될 일이 아니라는 것은 너무나 잘 알고 있으니까.

그즈음, 모용연이 도착했다.

"연아, 네가 어쩐 일이냐?"

"장 공자가 이곳에서 보자고 하시더군요."

심온은 다시 한 번 새삼스러운 눈으로 홍원을 바라보았다. 어느새 모용연에게 들렀다 온 것일까.

세 사람이 다탁에 둘러앉았다.

"이곳으로 오면서 보니… 경계가 많이 허술합니다."

"크흠."

홍원의 말에 심온은 헛기침을 뱉을 수밖에 없었다. 전적으로 그의 책임이었고, 그의 능력 부족이었다.

"다시 한 번 점검하도록 하지요."

홍원이 그런 말을 한 의도를 알기 때문이다. 가족들이 걱정됐을 게다.

"앞으로는 어떻게 하실 예정이시죠?"

광평성으로 돌아온 홍원이 이렇게 은밀히 경천회로 들어온 것에는 이유가 있다는 생각에 모용연이 물었다.

"당분간 세상을 좀 떠돌아야 할 것 같습니다."

그 말에 두 사람은 이해할 수 없다는 눈으로 홍원을 바라보았다.

"이번 일로 몸속에 내재된 살기가 너무 커져 버렸습니다. 이 상태로는 가족들과 함께 있기가 무리가 있어서요."

그 말을 듣고 모용연은 그제야 생각났다는 듯 외쳤다.

"그러고 보니 장 공자가 어떻게 이렇게 무사하게 이곳에 있을 수 있죠? 사혈궁은요?"

사혈궁의 소식은 현재 심온에게만 전해진 상태다. 아니, 심온이 다시 전서를 전장으로 보냈으니 곧 모용백도 알게 될 것이지만, 적어도 이곳 경천회에서는 그만 알고 있었다.

모용연은 너무 갑작스러운 홍원의 방문에 그만 그의 상황을 깜빡했던 것이다.

의구심 가득한 그녀의 눈빛.

심온은 천천히 오늘 아침에 보고받은 내용을 이야기했다.

그 이야기가 끝났을 무렵 모용연은 믿을 수 없다는 얼굴로 홍원을 바라보았다.

"장 공자, 정녕 사람이 맞나요?"

순수한 의문이었다.

그럴 수밖에 없었다. 홍원이 한 일은 사람이 한 일이라고 믿기엔 무리가 있었다.

듣는 것만으로는 믿을 수가 없었다.

아니, 눈앞에서 보았다 하더라도 믿을 수 있을까?

"어쨌든 그 일 때문에 저에게 침습한 살기가 너무 큽니다. 지금은 어떻게든 억누르고 있습니다만… 빨리 흩어내지 않으면 곤란할 수도 있습니다."

살기 때문에 가족들과 함께할 수 없다고 했던 터다.

"살기가 대체 어느 정도이기에 그러시는 겁니까?"

심온의 물음에 홍원은 살기를 억제하는 힘을 살짝 낮췄다.

푸학!

순식간에 공간을 접하며 가득 채우는 살기.

수신호위들이 다시 한 번 대경하여 심온의 곁으로 떨어져 내렸다.

그들의 팔은 부들부들 떨리고 있었다.

그것은 심온과 모용연도 마찬가지였다. 그 두 사람은 수신호위에 비해 무공이 약했기에 그 정도가 더 심했다.

이내 홍원은 살기를 다시 억눌렀다.

"후우."

"하아, 하아."

가쁜 숨이 절로 나왔다.

"확실히 이 정도면 문제가 있겠군요."

심온이 수긍한 듯 고개를 끄덕였다.

"그래서 당분간 이 살기를 좀 흩어내야 할 것 같습니다."

"그게 가능한가요?"

모용연은 아직 살기의 여파에서 완전히 빠져나오지 못한 듯 얼떨떨한 얼굴로 물었다.

홍원이 고개를 끄덕였다.

"시간은 얼마나 걸릴 것 같습니까?"

심온의 물음에 홍원은 천천히 내부를 관조했다.

자신도 얼마나 많은 양의 살기가 있는지 아직 완전히 파악하지 못한 탓이었다.

홍원이 두 눈을 감자 심온과 모용연은 조용히 기다렸다.

내부에 들어온 살기는 예상보다 많았다.

심상의 도가 살기를 먹고 살기를 증폭시키는 역할을 하고 있었다.

'역시 저게 문제로군.'

예전과는 비교도 할 수 없게 강해졌다.

어쩌면 굉장히 많은 시간이 필요할지도 몰랐다.

"일 년, 아니, 어쩌면 그보다 훨씬 많이 걸릴지도 모르겠습니다."

홍원이 두 눈을 떴다.

"그동안 가족들의 안위가 걱정이신 거죠?"

홍원이 고개를 끄덕였다.

"그것이라면 걱정 마십시오. 경천회가 무너지더라도 장 공자의 가족들은 아무 탈이 없도록 보호하겠습니다."

고마운 대답이다.

"고맙습니다."

"아닙니다. 오히려 저희가 공자의 도움을 많이 받았지요. 이번 사혈궁의 일만 하더라도, 덕분에 후방 걱정 없이 마황성에 집중할 수 있게 되지 않았습니까."

홍원이 모용연을 바라보았다.

"홍산과 홍해를 잘 부탁드리겠습니다."

이 한마디 때문에 굳이 모용연까지 부른 것이다.

"걱정 마세요."

짧은 대답이었지만, 믿음이 가는 대답이다.

"그럼, 전 이만."

이곳에 온 목적을 마쳤기에 홍원은 자리에서 일어났다.

"잠깐만요."

모용연이 그런 홍원을 말렸다.

"가족들에게 아무런 이야기도 없이 훌쩍 떠나시려고요? 만나는 것이 걱정이라면, 서찰이라도 남길 수 있잖아요. 제가 전해주면서 잘 이야기할게요."

그 말에 홍원은 미처 생각 못 했다는 얼굴로 허리를 숙였다.

"제 생각이 짧았군요. 고맙습니다."

그렇게 홍원은 서찰을 남기고 경천회를 홀쩍 떠났다.

"저 사람이 전선에서 도움을 준다면, 마황성도 쉽게 물리칠 수 있겠죠?"

모용연이 홍원의 빈자리를 힐끗 쳐다보며 말했다.

"그렇긴 하다만… 그건 우리의 일이지 장 공자의 일이 아니지 않느냐."

"그렇지요."

그럼에도 무언가 아쉬웠다. 아쉬움에도 도와달라고 할 수 없었고.

사막을 향해 이동하고 있던 사도평, 아니, 선우평은 갑자기 날아든 전서응에 고개를 갸웃거렸다.

순조롭게 목적지로 나아가고 있었기에 이렇게 갑자기 소식을 전할 일이 없었기 때문이다.

그를 수행하던 이들 중 하나가 전서응의 다리에서 전서를 꺼내 선우평에게 건넸다.

그곳에는 사혈궁의 소식이 적혀 있었다.

"허……."

믿을 수 없는 소식이었다.

소검선 장홍원.

그가 단신으로 사혈궁의 절반을 박살 냈다고 한다.

믿어야 할까?

인간이라면 불가능한 일이거늘.

하지만 이 보고를 올리는 이들을 믿지 않을 수 없었다.

잘게 떨리는 눈동자가 선우평이 얼마나 놀랐는지 알려주고 있었다.

"그가 이토록 대단한 사람일 줄이야……."

경천회를 찾아온 그를 만난 적이 있었다. 그때는 그저 강한 무인이라는 생각을 했을 뿐이다.

마황성의 마수에서 사매들을 구해준 고마운 은인이라는 생각과 함께 말이다.

그런데 이런 엄청난 존재였다니.

그러면서 한편으로는 안도했다. 마황성과 한창 전쟁 중인 경천회의 후방이 안전해졌다는 사실에 마음 한쪽의 걱정을 덜었다.

"암천을 이어받으면… 어쩌면 한번 부딪혀야 할지도 모르겠구나."

하늘을 올려다보며 선우평은 쓸쓸히 중얼거렸다.

자신의 행보가 자신의 의사와는 상관없이 정해져 있는 것에 대한 슬픔이었다.

경천회에서 도착한 전서에 모용백은 깜짝 놀랐다.

홍원이 무사히 돌아와 주기만을 바라고 있었건만, 오히려 사혈궁을 무너뜨렸다니.

교중학이 죽고, 교하운이 새로운 궁주가 되었다는 사실이 놀라울 뿐이다.

교중학의 죽음은 결국 홍원 때문일 것이라 생각되었다.

"허허, 대단한 친구였군. 이미 검선을 뛰어넘었는지도 모르겠어."

위지천악과 모용중호도 떨리는 눈으로 전서를 보고 있었다. 모용백이 다 읽고 넘겨준 것이다.

그들은 도무지 믿을 수가 없었다.

홍원의 무위를 직접 목격한 적이 있는 위지천악조차도 도무지 이 사실을 받아들일 수 없었다.

"그는 대체 어떤 사람일까요?"

모용중호가 어이가 없다는 얼굴로 물었으나, 모용백이 답해 줄 말은 없었다.

"그것보다 문상의 조언이 있었네. 사혈궁의 소식이 마황성에도 들어갔을 터, 저들의 움직임이 달라질 테니 대비를 하라는군."

"네, 방금 보았습니다. 저들이 지금까지 소극적으로 움직인 이유는 사혈궁이 본 회의 후방을 치는 것을 기다리고 있었기 때문이라는 분석이었지요."

위지천악의 말에 모용백이 고개를 끄덕였다.

"그래. 만반의 준비를 해야겠어. 장 공자가 큰 걱정거리를 해결해 주었는데, 우리가 이곳에서 제대로 막아야지."

모용백의 목소리에는 힘이 넘쳤다.

한편 마황성의 분위기는 경천회와는 달랐다.

구양벽과 구양진극이 진지한 얼굴로 마주 보고 앉아 있었다. 그들의 사이에는 조금 전 전해진 전서가 놓여 있었다.

"이것을 믿어야 하느냐?"

"그러게 말입니다."

두 사람의 얼굴에는 곤혹스러움이 가득했다.

사혈궁이 경천회의 뒤를 치는 것만 기다렸다. 사혈궁에서 홍원의 신병을 요구했다는 소식을 접했을 때는 다 되었다고 생각했다.

홍원이 홀로 사혈궁으로 향했다는 정보를 받았을 때는 의외라는 생각을 했었다. 그러나 결국 사혈궁은 그런 홍원을 처리하고 경천회의 뒤를 칠 거라는 믿음이 있었다.

사혈궁의 교중학은 그런 욕심을 가진 인물이었으니까.

그래서 지리한 교착 상태를 유지하면서 기다리고 기다렸다.

사혈궁이 경천회를 쳤을 때, 우왕좌왕하는 저들을 일거에 쓸어버리기 위해서 말이다.

그런데 지금 들어온 소식을 보라.

사혈궁이 단 한 사람에게 무너졌다고 한다.

그것도 본 궁의 전력의 칠 할, 전체 전력의 오 할이 사라졌단다.

이것을 믿으란 말인가?

"정세가 요동을 치겠어."

"많은 변화가 있을 듯합니다."

부자는 고개를 끄덕였다.

"숭무련이 어찌 움직일지 모르겠습니다."

"공야무라면 움직일 거다."

구양벽은 단정하듯 말했다.

"어찌해 그리 확신하십니까?"

마황성이 경천회와 전쟁을 벌이고 있는 지금도, 그들은 그저 상황을 관망만 하고 있었다.

"우리는 다른 곳에 정신이 팔렸지만 멀쩡한 호랑이고 사혈궁은 크게 다친 호랑이다. 그리고 숭무련 역시 어딘가가 아픈 호랑이지. 그렇다면 어떻게 하겠느냐?"

구양벽의 물음에 구양진극은 고개를 끄덕였다.

자신이라 하더라도 사혈궁을 노릴 것이다. 그래야 예전의 세력을 회복할 수 있을 테니.

"하면 저희는 어찌해야 합니까?"

구양진극의 물음에 구양벽이 얼굴을 찡그렸다. 그로서도 섣불리 결정하기가 어려웠다.

"경천회의 문상이 심온이었던가?"

"그렇습니다."

고민이 깊어졌다.

"그 친구라면 아마도 우리의 움직임을 읽고 있을 거다. 지금까지 전선이 교착 상태인 이유를 짐작하고 있겠지. 그렇다면 우리가 이 소식을 받고 총공세로 전환할 것이라 예상하겠지."

"그렇겠군요. 시간을 끌 이유가 사라졌으니까요."

구양진극이 고개를 끄덕였다.

"상대방이 예상하는 대로 움직이는 것은 내키지가 않는구나."

"그렇다고 뒤로 물릴 수도 없는 노릇 아닙니까?"

구양진극의 말대로였다.

이 상황에서 뒤로 물린다면 마황성의 꼴이 우습게 돼버린다. 먼저 싸움을 걸고 정세에 따라 먼저 물러서다니.

"사혈궁을 노리는 숭무련의 뒤를 치는 것은 어찌 생각하느냐?"

"그러려면 먼저 경천회가 정리되어야 합니다."

정세의 변화가 너무 컸다.

이 모든 변수를 일으킨 요인은 단 하나였다.

장홍원.

그 한 사람 때문에 지금 구양벽은 고민이 깊어졌다. 그의 이후 행보도 주시해야 한다.

"그러고 보니 그가 이번에는 이곳으로 올까?"

구양벽의 물음에 구양진극의 안색이 딱딱하게 굳었다.

"그러면 큰일이겠군요."

당연한 말이다.

그는 한 사람이었지만, 그가 가진 힘은 이미 거대한 세력의 그것과 맞먹었다.

"일단 그의 움직임을 주시해야겠군."

"세작들에게 일러놓겠습니다."

그렇게 두 사람은 일단 교착 상태를 유지하는 것으로 결론을 내렸다.

"혹시라도 그가 오지 않는다고 하면 어찌하실 생각입니까?"

자리에서 일어나던 구양진극이 지나가듯 물었다.

구양벽은 그에 대한 고민은 결론을 내린 듯했다.

"정세가 어찌 될지 모를 때는 최대한 전력을 온존해야지. 군세를 뒤로 물린다."

"반발이 클 텐데요."

"그들을 내세워야지."

짧은 대답에 구양진극은 아버지의 그림을 이해할 수 있었다.

당장에라도 밖으로 터질 듯한 힘을 가진 이들을 제물로 삼겠다는 것이다.

마황성 내에 구양가문의 영향력에서 벗어나 있는 이들이 이할 정도 되었다. 그리고 그들은 끊임없이 세력의 확장을 요구했다.

경천회의 검을 빌어서 그들을 정리할 속셈인 것이다.

"그것은 그것대로 좋군요."

구양진극은 곧 막사를 나갔다. 그제야 구양벽은 막사를 둘러싼 기막을 걷었다.

"그래도 큰일이야. 설마 그런 존재가 있었다니… 어쩌면 좀 더 오랜 시간을 웅크리고 있어야 할지도 모르겠어."

구양벽의 고민이 깊어졌다.

같은 시각.

숭무련은 그야말로 정신을 차릴 수가 없었다.

전해진 소식 탓이다.

그 소식을 믿어야 하는지 말아야 하는지부터가 문제였다. 믿을 수 없다는 이들의 고성이 오갔다.

공야무는 지끈거리는 머리를 쥐고는 그 모습을 바라보았다.

"그만!"

공야무가 큰 소리로 외치자 모두들 입을 다물고 그를 바라보았다.

"서문 군사."

"네, 련주님."

공야무의 부름에 부군사에서 새로이 군사가 된 서문길이 답했다.

"군사의 의견이 궁금하군."

"선 군사님의 갑작스러운 변고 이후에 급하게 련의 정보망을 수습하느라 아직 허점이 군데군데 남아 있는 것은 사실입니다. 하지만 지금 들어온 정보는 분명 사실일 것입니다."

"그럼 그대는 이 말도 안 되는 일이 진실이라는 말인가?"

태고령 부련주가 끼어들었다. 그는 절대 믿을 수 없는 일이라고 주장하고 있었다. 오히려 사혈궁이나 마황성의 기만술책일 가능성이 높다고 보고 있었다.

"그렇습니다. 사혈궁의 본 궁이 있는 남서성도인 사건성에는 본 련의 세작들만 있는 것이 아닙니다. 다른 모든 세력들의 세작이 모여 있지요. 그런 상황에서 본 련에만 거짓된 정보를 보내기란 불가능한 일입니다. 그리고 각 세력의 성도에 배치된 정보 조직은 아직 건재한 상황입니다."

서문길의 음성은 확신으로 가득 차 있었다.

"좋네. 그럼 그 정보를 사실이라 상정하고, 앞으로의 일을 살펴야겠군."

공야무의 말에 정보의 진위에 대한 격한 논쟁은 그쳤다.

"아주 좋은 기회입니다. 당연히 사혈궁의 뒤를 쳐야 합니다."

태고령이 목소리를 높였다.

"마황성의 경우는 아직 그 전력이 가려진 곳이 있어서 조심했으나, 사혈궁의 경우는 다릅니다."

정보를 믿을 수 없다고 하던 그가 맞나 싶을 정도의 태도 변화였다.

"저 역시 부련주님의 생각과 같습니다."

부군사인 노유였다.

"사혈궁의 전력 손실이 오 할에 달한다면 망설일 이유가 없습니다."

노유의 말에 여기저기서 고개를 끄덕이며 동조했다.

서문길이 그의 말에 끼어들었다.

"저는 사태를 좀 봐야 한다고 생각합니다."

현재 분위기에 찬물을 끼얹는 발언이다.

"왜 그런가?"

공야무의 시선이 다시 서문길에게로 향했다.

"현재 본 련의 정보 조직 상황으로는 이렇게 빠른 시간에 사혈궁의 피해 상황을 그 정도로 파악하기 힘듭니다."

그 말에 여기저기서 웅성거리기 시작했다.

지금 눈앞에 있는 정보를 믿어도 된다고 한 것은 서문길 본인이 아니던가.

"그게 무슨 뜻이오? 군사."

태고령이 물었다.

"사혈궁의 피해 상황을 대강이나마 사혈궁에서 흘렸을 가능성이 있다는 것입니다."

웅성거림이 더욱 커졌다.

사혈궁이 바보도 아니고, 어떻게든 숨겨야 할 것을 일부러 흘렸다니 말도 안 되는 이야기였다.

공야무가 손을 들어 주변을 진정시켰다.

"자세히 말해보게."

공야무의 말에 서문길이 자세를 가다듬고 이야기를 이어갔다.

"현재 사혈궁의 피해 상황은 처참할 수준입니다. 그들이 아무리 숨기려고 해도 보름 내외면 다른 세력에서 대략이나마 그 정도를 알아차릴 겁니다. 아마도 그래서 아예 일부러 그 상황을 흘린 듯합니다."

"보름이라는 시간을 버려서까지 말입니까?"

같은 정보를 가지고 다른 분석을 내놓은 노유가 물었다.

"사혈궁의 문상인 문인백송에게 계책이 있는 겁니다. 새로이 궁주가 된 교하운은 보통 인물이 아닙니다."

그 말에 여기저기서 고개를 끄덕였다.

교하운의 명성은 이미 대륙에 널리 퍼져 있었다. 그의 기행과 함께 말이다.

"그들은 지금 우리가 움직여 주기를 바라고 있습니다. 그런 만큼 일단 사태의 추이를 봐야 한다고 생각합니다."

서문길의 말이 끝나자 여기저기서 고개를 끄덕였다.

그러나 노유가 바로 반박했다.

"저는 그것이 문인백송의 공성지계(空城之計)라고 생각합니다. 그런 만큼 지금 당장 사혈궁을 쳐야 한다고 생각합니다."

군사와 부군사의 의견이 갈렸다.

여기저기서 저마다의 의견이 중구난방으로 펼쳐졌다.

공야무는 태사의에 앉아 그 모든 의견을 듣고 있었다. 이윽고 결론을 내렸다.

"두 가지 의견이 이렇게 나뉜다면 그것들을 절충하는 것도 나쁘지 않을 것 같소."

모두의 시선이 공야무에게로 향했다.

"적당히 사혈궁의 간을 보는 것도 나쁘지 않겠지. 대략 삼백 정도의 부대로 사혈궁을 한번 찔러보기로 합시다. 누가 나서 보시겠소?"

공야무의 말에 회의석상에 모인 이들이 서로 저마다의 눈치를 보고 있었다.

확률이 반반이다.

서문길의 말이 맞으면 죽으러 가는 것이고, 노유의 말이 맞으면 큰 공을 세울 수 있다.

이 도박에서 졌을 때의 판돈이 자신의 목숨인지라 쉽사리 나서는 이가 없었다.

"제가 가겠습니다."

그때 자리에서 박차고 일어난 이가 있었다.

영호진평이었다.

숭무련이 공야무 련주 체제로 자리 잡아감에 따라 영호가의 영향력은 줄어들고 있었다.

영호진평이 전대 련주의 대제자였기 때문이다.

그에 영호진평은 다시금 영호가의 영향력 확대를 위해 나선 것이다.

"가능하겠는가?"

공야무의 물음에 영호진평은 당당한 얼굴로 답했다.

"당연합니다. 정보대로라면 본 궁의 정예병 중 칠 할이 사라진 터. 지부의 오합지졸들을 겨우 끌어모을 수밖에 없을 텐데, 그 정도로는 본 련의 정예병을 감당할 수 없습니다."

공야무는 영호진평을 물끄러미 바라보았다.

또래 무인들 중에서는 제법 실력이 있는 편이지만, 객관적으로 봐서는 능력이 모자란 이다.

그 자신만 그 사실을 모를 뿐, 아니, 인정하지 않는다고 할까.

전대 련주의 대제자라는 이가 저 정도라는 것은 실망스러운 일이었다.

그 때문에 영호가의 세력이 줄고 있는 것이기도 했고.

공야무에게는 마침 좋은 기회였다.

그럼에도 전대 련주의 지지 세력을 결집해 어떻게든 련 내에서 세력을 확대하려고 하는 영호가의 힘을 빼놓을 기회.

"그렇다면 영호가의 무인들도 함께 출정하는 것인가?"

그 물음에 영호진평은 속으로 온갖 욕을 다했다. 하나 얼굴은 태연했다.

그의 심계는 무공과는 다르게 굉장히 뛰어났다.

"백 명 정도 선발하도록 하겠습니다."

영호진평의 권한으로 그 정도가 최대치였다.

"그렇다면 자네에게 맡기도록 하지."

나선 이가 영호진평 하나였기에 그렇게 자연스레 결정이 되었다.

'교활한 늙은이. 그런 식으로 본가의 힘을 빼놓겠다니……'

목적한 바는 이루었지만, 절반의 성공이었기에 영호진평의 속이 쓰릴 수밖에 없었다.

이렇게 뜨겁고 정신없는 회의 시간 내내 회의석상의 가장 끄트머리에 앉은 단리유화는 멍하니 정신을 놓고 앉아 있었다.

'그가 강하다고는 생각했지만… 이 정도일 줄이야……'

개인적으로 제법 깊은 인연을 맺은 한 사람의 본 실력에 놀란 마음이 쉽사리 가라앉지가 않았다.

공야무가 숭무련을 장악해 감에 따라 단리유화는 점점 더 련의 중심에서 멀어졌다.

그만큼 정보에 접근할 수 있는 기회와 권한도 줄어들어, 이제는 가장 말석에 앉아 회의에 참석해야 할 신세가 되었다.

그마저도 언제 더 뒤로 밀릴지 모르는 상황이었다.

하지만 이제는 그런 건 아무래도 좋을 듯했다. 지난번 죽림

사건 때 련의 수뇌부의 행동을 보고 이미 질려 버린 터였다.

그 속에서 힘을 갖기 위해서는 자신 또한 그들만큼 더러워져야 할 테니.

복수를 다짐할 때는 어떤 오물도 뒤집어쓸 각오가 있었으나, 복수를 마친 지금은 그런 곳에 발을 담그기 싫었다.

요즘 단리유화의 일상은 수련과 수련의 반복이었다.

"단리 단주."

그때 공야무가 단리유화를 불렀다.

"예, 련주님."

단리유화는 더 이상 삼 공녀로 불리지 않았다. 공녀의 자리는 이제 공야무의 제자의 것이었다.

대신 현재 그녀의 직책인 호화단의 단주로 불렸다.

호화단은 숭무련 내성 내 수뇌부의 가족들을 지키는 조직이다.

숭무련에서는 그야말로 련에 별 영향을 못 미치는 자리다.

"소검선 장홍원이라는 자에 대해 더 아는 것 없는가? 묵검신협이 그였다고 하니 말이야."

소검선 장홍원이 숭무련에 나타났던 묵검신협이었다는 이야기는 이미 사혈궁에서 밝혀낸 후 알음알음 퍼지고 있는 정보였다.

그리고 묵검신협과 가장 먼저 동행한 이가 단리유화 아니던가.

"그가 강한 사람이라는 것은 알았습니다만… 설마 그런 줄은 몰랐습니다."

단리유화는 태연한 얼굴로 답했다.

그럴 수밖에 없는 것이 그녀도 홍원이 그렇게 강할 것이라고
는 짐작조차 하지 못했었으니.

"흐음, 보통 사이가 아니라는 이야기도 들리던데……."

지나가듯 중얼거린 공야무의 말에 단리유화의 얼굴이 빨갛
게 변했다.

당시 어쩔 수 없이 폐관 수련을 함께 든 것을 말하는 것이리
라.

이런 소문이 날 것을 각오했던 일이었다. 홍원이 숭무련을
떠난 후 알게 모르게 잠잠해졌던 소문이다.

하지만 소검선 장홍원이 등장하면서 다시 여기저기서 수군
거리고 있었다.

소문 자체에 단리유화는 그다지 신경 쓰지 않았다. 하지만
이런 공식적인 자리에서 련주가 대놓고 저런 말을 한다는 것에
분노가 일었다.

자신을 희롱하는 듯했기 때문이다.

"무인과 무인일 뿐입니다."

단리유화의 목소리는 냉랭하기 그지없었다.

"알겠네. 하지만 아쉽군. 그가 본 련에 왔을 때, 그를 잡지 못
한 것이……."

그들이 홍원에게 했던 대접이 있었기에 아무래도 홍원과 좋
은 관계를 유지하기는 힘들겠다 싶었다.

단리유화가 없다면 말이다.

"혹 기회가 되면 본 련에 한번 들러달라고 전갈이라도 하면

좋겠구나."

그리고 다른 소소한 안건이 논의된 후 회의는 끝났다.

홍원은 산속을 천천히 걷고 있었다.

나뭇잎 사이로 내려쬐는 햇살과 간질이듯 불어오는 바람에 기분이 좋았다.

이런 평화로움이라면 자신의 몸에 내재된 살기도 금세 사라질 것 같았다.

하지만 아직 때가 아니었다.

유람을 시작했지만 살기를 몰아내는 것은 조금 나중으로 미뤘다.

간혹 저녁에 쉴 때면 조금씩 몰아내고는 있지만, 본격적으로 시작하지는 않았다.

아직 할 일이 하나 더 남은 것이다.

경천회가 망하는 한이 있더라도 가족을 보호해 주겠다던 심온의 말이 걸렸다.

그 정도로 엄중히 가족들을 지키겠다는 말이겠지만, 만약의 사태라는 것이 있었다.

지금 경천회는 마황성과 전쟁 중이 아니던가.

불안 요인을 남길 수는 없었다.

만약 그때 심온이 마황성과 싸우는 데 힘을 보태달라고 했다면 어찌했을지는 모른다.

그것이 홍원의 솔직한 심정이었다.

경천회에서 홍원의 가족에게 그 정도의 배려를 해준다면 충분히 요구할 수도 있는 일이었다.

하지만 그들은 끝내 홍원에게 아무것도 바라지 않았다. 그들이 홍원의 가족을 보호해 주는 것은, 모용혜에게 베푼 은혜에 대한 보답이었다.

경천회는 협을 아는 이들이었다.

그래서 절로 발걸음이 옮겨졌다.

지금 홍원이 향하는 곳은 경천회와 전선을 펴고 있는 마황성의 진지였다.

광평성을 떠난 후 홍원은 곧장 북쪽으로 향했다.

경천회의 진을 피하여 돌아가기 위해 황제 직할령을 거쳤다.

황제가 직접 다스리는 땅은 과연 달랐다.

모든 것이 웅장하고 호화로웠다.

그것을 유지하기 위한 돈은 사대세력으로부터 나왔다.

세금이라 이름 붙인 어마어마한 양의 돈.

그들이 지배하는 넓은 땅을 생각하면 그렇게 큰돈은 아닐 것이다.

단지 그렇게 모인 돈이 온전히 황제의 땅에서만 돌고 있으니 이런 성세가 이루어진 것이다.

'천선문은 어디쯤에 있으려나.'

막 태황산의 자락을 지나면서 떠오른 생각이다.

황도의 정북쪽에 위치하여 황궁을 든든히 지켜주는 태황산.

일전에 백린, 아니, 묵린을 이곳에 풀어두었었다.

"이곳도 오랜만이야."

높이는 낮을지언정 산세는 웅장한 태황산이다.

오랜만에 들른 이곳의 기운은 그대로였다.

그렇게 태황산 자락을 따라 움직이던 홍원의 기감에 묘한 것이 걸렸다.

습관적으로 넓게 펼친 기감이었다.

"응?"

한참은 멀리 떨어진 곳.

무언가 익숙하면서도 이질적인 기운이었다.

"누군가가 수련을 하고 있나 보군."

그럴 수 있는 일이다.

자연지기가 충만한 태황산이었기에 무인들이 수련을 위해 심산유곡으로 찾기 좋은 곳이다.

홍원은 기감의 범위를 줄였다.

은거하여 수련에 집중하고 있는 이름 모를 무인에 대한 예의가 아니라는 생각 때문이었다.

"상당히 강한 기운이었는데, 누군지 궁금하기는 하군."

그렇다고 호기심을 해결할 생각은 없었다.

지금 얼핏 느낀 기운으로는 교중학에 조금 못 미치는 강자라는 느낌이었다.

오천존 중 일인인 교중학에 조금 못 미치는 정도라면 굉장히 강한 것이었다.

당금 무림에서 손가락에 꼽힐 정도였으니.

그럴 만한 인물이 누가 있을까 기억을 더듬어봤으나 짐작 가는 이는 없었다.

과연 강호에 기인이사는 많고도 많았다.

"산인 같은 분일지도……."

신비롭고도, 그 끝을 짐작할 수 없는 은거기인 산인이 떠올랐다.

"한번 뵈러 가야겠어."

떠오르니 보고 싶은 사람이다. 마황성의 일이 정리가 되는 대로 좋은 술 한 병 구해서 향산에 들러야겠다는 생각이 들었다.

천하를 유람하겠다 마음먹었는데 가장 먼저 떠오르는 곳이 향산이라니.

홍원은 어느새 태황산을 벗어났다.

태황산 북쪽으로 한참을 올라가면 숭무련과 마황성의 경계가 나온다.

황제 직할령까지 경계를 지기에 세 세력이 맞닿는 꼭짓점과 같은 곳이다.

홍원은 그곳에서 지체 없이 동쪽으로 방향을 틀었다.

이곳으로 곧장 가면 마황성의 전력이 모여 있는 곳의 후방쯤될 것이다.

굳이 두 세력이 마주 보고 있는 사이로 갈 필요는 없지 않은가.

홍원이 그렇게 마황성으로 다가가고 있는 동안에도 전선의 변화는 없었다.

경천회는 세력 확장의 뜻이 없었기에, 피해를 최소화하기 위해 웅크리고 있었고, 마황성은 상대의 동태를 살피느라 조심하고 있었다.

사혈궁의 이탈이 만들어낸 변화였다.

사혈궁의 소식을 접하고 어느새 칠 일의 시간이 흘렀다.

그동안 가장 바쁜 이들은 각 세력의 세작들이었다.

커다란 변화가 일어났으니 판도에 따른 정보가 끊임없이 요구되고 있는 상황이었다.

구양진극이 침중한 얼굴로 구양벽을 찾았다. 구양벽은 아들을 보자마자 물음을 던졌다. 현재 가장 중요한 변수에 대한 것이었다.

"그의 종적은?"

구양진극은 고개를 저었다.

"놓쳤다 합니다."

안타까운 일이었다.

"흐음, 그러면 마지막 종적은?"

"경천회라고 합니다."

그것도 정말 운 좋게 발견한 것이다.

홍원이 은밀히 움직였건만, 혹시 몰라 경천회를 주시하고 있던 세작들 중 한 명에게 우연히 눈에 띈 것이다.

"경천회라……."

구양벽이 다탁을 손가락으로 톡톡 두드렸다.

"경천회에 그의 가족들이 있다고 합니다."

"그래? 그건 어찌 알았느냐?"

구양벽이 의외라는 얼굴로 물었다.

"지난번 저희가 공격했던 경천회의 행렬에 그가 가족과 함께 있었던 모양입니다. 그 후 함께 경천회로 들어갔고요. 그의 행적을 거슬러 조사하다가 알게 된 사실입니다."

"우리가 알고 있다면 다른 쪽에서도 알게 되겠군."

"시일의 차이가 있을 뿐이지요."

구양진극이 담담히 대답했다.

"하면 우리가 그 가족들을 데리고 온다면 어떻게 되겠느냐?"

구양벽의 두 눈이 음산하게 빛났다.

그런 아버지의 모습에 구양진극은 세차게 고개를 저었다.

"그를 자극할 뿐입니다. 저희가 경천회를 습격했을 때, 처음에 모습을 드러내지 않았던 그가 개입한 것도 경천회가 밀린 다음입니다."

"그 말은?"

"전황이 불리해지면서 가족들이 해를 입지 않을까 해서 개입한 것이 아닐까 합니다."

"네 의견이냐?"

"천이각(千耳閣)의 분석입니다."

천이각은 마황성의 정보 조직이었다. 그들의 정보의 수집과 분석 능력은 상당히 믿을 만했다.

구양진극은 이어서 말했다.

"그렇잖아도 그 분석 때문에 아버님을 찾은 것입니다."

그 말은 가족에 대한 정보와 분석이 이제 막 도착했다는 뜻이었다.

"소검선은 가족을 끔찍이 생각하는 것 같습니다. 그런 가족이 경천회에 여전히 있고, 경천회는 현재 저희와 전쟁 중입니다."

거기까지만 말해도 구양벽은 그 의도를 알 수 있었다.

"종적을 놓친 그가 개입할 것이다?"

구양진극은 어두운 얼굴로 고개를 끄덕였다.

"그럴 가능성이 높습니다."

무거운 공기가 두 사람 사이로 내려앉았다.

"그가 개입한다라… 과연 내가 그를 상대할 수 있겠느냐?"

"교중학도 감당을 못 했습니다."

구양진극의 목소리는 너무도 무거웠다.

"교중학 따위야."

구양벽의 얼굴에는 자신감이 어려 있었다. 현재의 위치에 안주한 노인네 따위는 자신의 상대가 아니라는 자신감이었다.

강함에 대한 욕망을 끊임없이 갈구하던 구양벽 자신이 아니던가.

"아버님께서 그를 상대하시면, 모용백을 감당할 사람이 없습니다."

모용백이 전선에 도착한 지 오래였다.

"그가 끼어드는 순간 우리가 불리해진다는 것이냐?"

구양벽의 목소리에 언짢은 기운이 스며들었다.

"그는 홀로 사혈궁을 무너뜨렸습니다."

분명한 사실이었다.

두 사람 사이에 침묵이 내려앉았다.

어두운 밤이다. 전장을 마주하고 진을 펼친 곳이라 믿기지 않을 정도로 조용했다.

간혹 산짐승들의 울음소리만 밤하늘을 울릴 뿐이다.

"너무 조용하군."

"그러게 말입니다."

모용백의 말에 위지천악이 고개를 끄덕이며 맞장구를 쳤다.

"문상에게서는 다른 연락은 없었는가?"

이어진 물음에 모용중호가 답했다.

"일단은 전선을 유지하면서 상태를 관망하는 게 제일 좋을 것 같다고 합니다. 얼마 전에 전서가 도착했습니다."

문상 심온의 예측이 빗나갔다.

사혈궁의 소식이 전해지면 전면적인 공세가 있을 것으로 예상했으나, 마황성은 조용했다.

"구양벽. 생각보다 교활한 사람이야……."

"아마 장 공자 때문에 그럴 수 있다고 전서 말미에 적혀 있었습니다."

모용백의 말에 모용중호가 미처 말하지 못한 내용을 덧붙였다.

그 말에 모용백은 고개를 주억거렸다.

"그렇게 생각할 수도 있겠군. 어쨌든 사혈궁을 정리한 것은 장 공자였고. 사혈궁은 사실상 우리 경천회를 노린 것이니까. 참, 장 공자 소식은 없는가?"

"잠시 유람을 해야 한다며 가족들을 부탁한다고 했답니다."

"만전을 기해야 할 것이야."

"그렇잖아도 문상이 본 회가 망하는 한이 있더라도 가족들의 안전은 반드시 지키겠다고 했답니다."

모용중호의 대답에 모용백은 만족한 얼굴로 고개를 끄덕였다.

"그래야지. 큰 은혜를 두 번이나 입었는데. 그나저나 마황성에서 장 공자와 우리가 아무 관련이 없다는 것을 알게 되면 다시 움직일 터. 당분간은 계속해서 이런 상황을 유지해야겠군."

모용백의 얼굴이 다시금 어두워졌다.

그럴 수밖에 없었다.

언제 올지 모르는 적의 총공세를 경계하는 것은 무척이나 고된 일이다.

항상 긴장 상태로 대비하고 있어야 하니, 그것만으로 소모되는 심력과 체력이 엄청났다.

"경계 부대와 본진의 거리를 조금 더 벌리는 것이 어떻겠습니까?"

그때, 위지천악이 의견을 냈다.

"이 상태로는 무사들의 심력 소모가 너무 큽니다. 차라리 본진을 조금 더 뒤로 물려 적의 공세를 대비할 시간을 버는 것이

낫지 않나 싶습니다."

지금 위치에서 본진을 뒤로 더 물린다면, 완전히 경천회의 영역 안에 진을 쳐야 한다. 전장이 경천회의 세력권이 되는 것이다.

그렇다고 해봐야 아무것도 없는 땅이다.

"그게 좋겠군. 일단 이 긴장을 좀 풀 수 있는 여유가 필요하니. 날이 밝는 대로 움직일 수 있게 준비하도록 하지."

그렇게 경천회의 움직임이 바빠졌다.

그런 움직임에도 마황성은 조용했다.

각자의 생각이 많고도 복잡한 밤이었다.

그런 어둠 사이로 홍원이 천천히 움직이고 있었다. 천천히 움직인다고 했지만 어느새 마황성의 본진에 도착한 홍원이었다.

멀리 부엉이 울음소리가 귀를 간질이는 깊은 밤이다.

창에서 칠흑 같은 어둠을 바라보는 우문기영의 입에서는 그저 깊은 한숨만 흘러나왔다.

천하가 요동을 치고 있었다.

작은 변화가 꼬리에 꼬리를 물고 이어지면서 거대한 태풍이 되어 대륙을 휩쓸었다.

하지만 우문기영은 그 모든 것을 그저 보고만 있어야 했다.

폐관에 들었다는 소식이 전해진 다음 날 추가적으로 날아든 문주의 마지막 명령.

모든 사태에 대한 관망이었다.

지금은 그저 지켜만 봐야 했다.

그래서 답답했다.

"나름의 대비를 하고는 있지만, 이런 혼란한 상황에 아무런 개입도 할 수 없다니."

창밖을 향한 우문기영의 눈빛에는 그런 심정이 고스란히 담겨 있었다.

사혈궁이 무너지고, 숭무련이 그런 사혈궁을 노리고 있다.

더욱 놀라운 것은 홍원의 무위였다.

다른 세력들이 파악하지 못한 무위를 우문기영은 정확히 알고 있었다.

천선문에서 사혈궁 내부에 심은 세작이 멀리서나마 그 싸움을 모두 지켜봤기 때문이다.

홍원은 외궁의 무사들을 모두 죽이지 않았었다. 그저 길을 막는 이들만을 처리했을 뿐.

홍원이 내궁에 들어간 후, 외궁의 무사들은 그대로 자리를 피했으나 혼란한 틈을 타 내궁의 동태를 살핀 이가 있었다.

천선문에서 심은 세작이었다.

그는 자신의 본분에 충실한 것이다.

"세작의 보고에 의하면 교중학이 무언가를 먹은 후 갑자기 강해졌다고 했다… 분명 혈황역천단일 터. 그것을 사용한 교중학마저 손쉽게 이겼다. 그리고 교하운과 다퉜다. 그 두 사람의 무위는……."

우문기영은 차마 혼잣말을 잇지 못했다.

머릿속에 있는 것을 입 밖으로 뱉는 순간 자신 스스로에게 좌절할 것 같았기 때문이다.

엄정한 훈련을 마친 세작이었기에 그 보고서는 최대한 객관적으로 작성되었을 것이다.

그럼에도 믿을 수가 없었다.

"보고대로면… 숭무련은 큰 실수를 하겠군. 사혈궁은 무너지지 않았어."

우문기영은 낮게 중얼거렸다.

그의 얼굴에는 안타까움이 가득했다.

사혈궁과 숭무련의 세력을 약화시킬 절호의 기회였다.

그 모든 정보를 알기에 자신이 있었다.

그런데 움직일 수가 없었다.

문주는 자신에게 전부 위임했던 권한을 하나씩 다시 가져가고 있었다.

점점 손발이 묶이는 느낌이었다.

그런 건 아무래도 좋았다. 천선문을 위해서라면 뒷방 늙은이가 되어 허송세월을 해도 괜찮다.

단, 지금은 아니다.

지금은 천선문의 비상을 위해 바쁘게 움직여야 할 때이건만 할 수 있는 것이라고는 각지에서 들어오는 보고서를 읽는 것이 유일했다.

"장홍원……."

보고서에서 가장 많은 비중을 차지하는 인물이다.

그럴 수밖에 없었다.

이 모든 변화의 시작이 그였으니까.

거대한 태풍의 중심.

"사형, 당신은 대체 어떤 제자를 남기신 거요?"

우문기영의 쓸쓸한 한마디가 어둠 속에 울렸다.

구양벽과 구양진극.

두 부자의 대화가 마무리될 무렵, 그들이 있는 커다란 막사의 입구가 펄럭였다.

"아무도 들이지 말랬거늘, 누구냐?"

예고 없이 난 인기척에 구양벽이 언짢은 듯 말하며 고개를 돌렸다.

그곳에는 낯선 사내가 서 있었다.

감히 마황성의 성주 앞에서도 태연한 얼굴이었다.

아버지를 따라 고개를 돌린 구양진극은 두 눈을 부릅떴다. 그리고 채 말을 잇지 못했다.

"왜 그러냐? 아는 놈이냐?"

아들의 반응에 구양벽이 물었다.

"그, 그입니다."

구양진극이 힘겹게 입을 뗐다.

"그?"

너무나 광범위한 대답이었다. 잠시 고개를 갸웃거리던 구양벽은 이내 그 말의 의미를 깨달았다.

지금 상황에서 아들이 그렇고 지칭할 인물은 하나였다.

"소검선 장홍원."

신음처럼 홍원의 이름이 구양벽의 입에서 나왔다.

"오랜만이오."

홍원이 구양진극을 보며 말했다.

"이곳에는 무슨 일이오?"

구양진극이 애써 진정하고 물었다. 그날과는 또 달랐다.

그때 자신이 알던 홍원의 실력과 지금 자신이 아는 홍원의 실력은 하늘과 땅 차이였으니.

그렇잖아도 조금 전까지 그의 위험성에 대해 아버지와 대화를 나누지 않았던가.

"이만 집으로 돌아가셨으면 해서 말이오."

홍원은 간단히 자신의 용건을 말했다.

"뭐라?"

그 말에 분노한 것은 구양벽이다.

"애꿎은 피는 그만 흘리는 것이 서로 좋은 일이니까."

그런 홍원의 말에 구양벽은 두 주먹을 부들부들 떨었다.

저 새파란 놈이 감히 자신에게 저 따위 망발이라니.

수치도 이런 수치가 없었다.

구양진극은 그런 아버지를 불안한 눈으로 바라보았다. 지금 이 자리에서 홍원과 싸우는 것은 실이 많았다.

홍원의 눈을 보아 그는 오늘 작정하고 온 듯했다.

"이토록 은밀히 우리를 찾은 이유가 그것이오?"

"굳이 피를 흘리며 이곳을 찾을 이유는 없소만."

홍원의 대답에 구양진극은 그의 의도를 짐작했다. 지금 상대는 싸우는 것을 꺼려하고 있었다.

다행이라면 다행이지만, 수치라면 수치다.

대마황성이 고작 한 사내의 말 한마디에 후퇴를 한다니. 있을 수 없는 일이다.

[아버님, 진정하십시오.]

당장에 분노를 터뜨리려는 구양벽을 향해 구양진극이 전음을 보냈다.

평소 누구보다 냉철하고 이지적인 구양벽이다. 하지만 갑작스러운 홍원의 등장과 그가 안겨준 수치에 평정심을 잃고 있었다.

구양진극은 그런 아버지의 상태를 꿰뚫어 보았다.

[아버님!!]

재차 전음을 보냈다.

홍원은 그런 그들을 일단은 가만히 지켜보았다.

이미 살기가 너무도 커져 있었다. 이곳으로 오는 동안 제법 해소를 했지만, 그렇다고 다시 커지는 상황은 꺼려졌다.

그래서 피를 보지 않으려는 것이다.

구양벽은 재차 이어진 아들의 전음에 겨우 분노에서 벗어났다.

[크흠, 고맙다.]

이런 일은 극히 드물었다. 자신이 분노에 이성을 잃다니.

상대가 눈앞에 나타날 때까지 자신이 전혀 그 기척을 느끼지 못했다는 것에 대한 두려움 때문인지도 몰랐다.

이성을 찾은 구양벽의 머리가 빠르게 돌아가기 시작했다.

일단 느껴지는 기세로는 자신이 상대할 만한 것 같았다. 하지만 섣불리 판단할 수 없었다.

그가 보여준 신위가 있지 않은가.

아마 이렇게 직접 찾아와 자신들의 후퇴를 요구하는 이유는 가족 때문일 것이다.

아들의 예상대로였다.

단지 그 예상을 내놓고 두 시진도 지나지 않았을 때, 이렇게 눈앞에 나타날 줄 몰랐을 뿐.

아무래도 후퇴를 해야 할지도 몰랐다.

자신이 홍원의 기척을 전혀 느끼지 못했다는 것이 컸다.

나름대로 자신의 거처 주변으로 늘 기감을 펼쳐 경계를 하는 터였다.

이곳은 전장이다.

경천회에서는 절대 그럴 리 없겠지만, 그래도 언제 살수 같은 이들의 습격이 있을지도 모른다.

마황성보다 훨씬 더 위협에 노출된 상황 아니던가.

그런 자신의 기감을 유유자적 뚫고 들어왔다.

거기에 일순 두려움도 느꼈다.

인정할 것은 인정해야 한다. 그래야 냉정한 판단이 가능해진다.

그것이 구양벽의 지론이었다.

구양진극과 논의했던 내용들을 다시 되짚어봤다. 그리고 결정을 내렸다.

그때까지 홍원은 그저 가만히 두 사람을 바라보고만 있었다.

"자네의 한마디에 우리가 물러서기에는 마황성의 이름이 가진 무게가 너무 크네만."

홍원은 그 말에 숨겨진 의도를 읽었다.

그에 상응하는 것을 주면 후퇴를 할 수도 있다는 말이었다.

"무엇을 원하는 것이오?"

"명분이지."

강호에서 가장 중요한 것 중 하나였다.

"우리가 아무 이유 없이 후퇴를 명하면, 수하들이 순순히 받아들일 리가 없지. 그들은 지금 가진 힘을 터뜨리고 싶어 잔뜩 달아올라 있으니."

그 때문에 그 욕구를 풀어주기 위해 전선이 대치된 상태에서 간간히 국지전이 벌이고 있었다.

그렇지 않고 마냥 대치만 하고 있었다면 수하들의 불만이 하늘을 찔렀을 것이다.

"그래서?"

"자네가 보여줬으면 좋겠군. 우리가 후퇴를 해야 할 만큼 큰 위협이 자네라는 것을 말이야."

그 말에 구양진극은 아버지의 의도를 알아차렸다.

일부 남아 있는 반대파들을 홍원의 손을 빌려 처리하려는 것이다.

사혈궁의 전체 전력의 절반을 날려 버린 홍원에게 그것은 일도 아닐 것이다.

홍원은 그런 마황성 내부 사정을 몰랐다.

"굳이 피를 흘리고 싶다는 거요?"

그랬기에 이렇게 판단할 수밖에 없었다.

"명분을 위해서라면 어쩔 수 없는 일이지."

구양벽의 대답에 홍원은 흑운을 뽑아 들었다.

"그렇다면 지금 보여주도록 하겠소."

그 모습에 두 사람은 깜짝 놀랐다.

자신들의 의도는 그런 것이 아니었으니까.

"잠깐!"

구양벽이 깜짝 놀라 외쳤다.

자신의 막사 밖에 대기하고 있는 수하들이 소란에 놀라 들어올지도 모른다는 사실도 잊었다.

그만큼 당황한 것이다.

홍원이 기막으로 소리를 차단하고 있었기에 그의 외침이 밖으로 들리지는 않았다.

"왜 그러시오?"

몸을 돌리려던 홍원이 물었다.

"날이 밝으면 정면으로 당당히 오게. 우리도 준비를 하고 있을 테니."

구양벽이 홍원을 똑바로 바라보며 말했다.

홍원은 그를 마주 보았다.

고개를 끄덕인 홍원은 흑운을 납검하고 조용히 사라졌다.

"후아."

깊은 한숨이 구양진극의 입에서 터져 나왔다.

그만큼 긴장하고 있었다는 뜻이다.

[아직 근처에 있을지도 모른다.]

막 말을 꺼내려던 구양진극은 구양벽의 전음에 서둘러 입을 닫았다.

"철마대를 준비시켜라. 날이 밝는 대로 경천회를 친다."

철마대(鐵魔隊).

현재 마황성에서 유일하게 구양가문의 손을 벗어난 이들이었다.

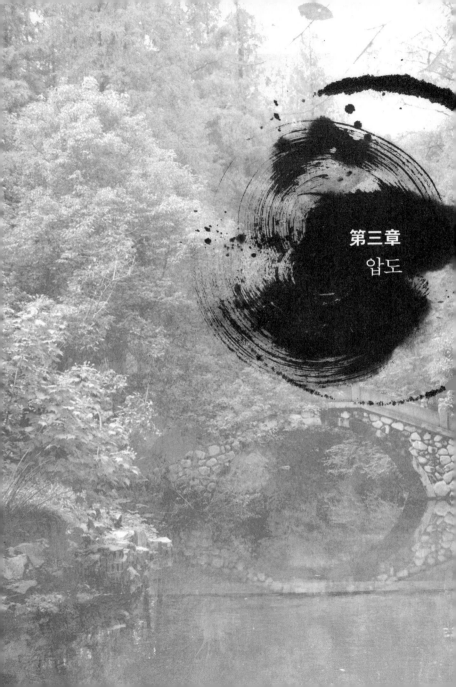

第三章
압도

날이 밝았다.

유독 화창하고 싱그러운 아침이었다.

경천회는 진을 물릴 준비를 하느라 분주했다. 전방을 경계하는 이들을 제외하고는 모두 진지 정리에 한창이었다.

기분 좋은 햇살은 마황성의 진영에도 똑같이 내려쬐고 있었다.

그러나 분위기는 정반대였다.

살벌함을 풍기며 한창 전쟁 준비 중이었다.

철마대주 허필은 수하들을 독려했다. 한시라도 빨리 준비를 마치고 어서 출정하고 싶었기 때문이다.

"크크, 성주가 드디어 내 의견을 받아들였어."

항상 총공격을 주장하던 그였다.

마황성이 다른 세력을 흡수해야 한다는 주장도 늘 앞장서
했다.

세력권만 지키며 가만히 있는 것이 너무나 답답했고, 그 사
실에 대한 불만이 컸다.

마도천하를 위해서라면 분연히 떨치고 일어나야 할 것 아닌가.

마황성 내 무공 서열이 네 번째라는 위치가 그의 목소리에
힘을 실어주었다.

"그래도 대주, 너무 이상합니다. 이렇게 갑자기 공격 명령이
라니요. 어제까지 아무런 말도 없지 않았습니까?"

부대주 풍가우였다.

"훙, 하룻밤 사이에 이 몸의 대단함을 다시 깨달은 거겠지.
그러지 않아도 이곳에서 답답하게 시간만 보내는 동안 작은 심
득이 있었다. 다시 서열을 매긴다면… 성주는 몰라도 다른 이
들은 자신 있다."

허필은 자신의 가슴을 탕탕 치면서 자신 있게 말했다.

그야말로 호탕한 모습이다.

그러나 풍가우는 그런 자신의 대주가 못내 불안했다.

성주는 무공만 강한 사람이 아니라, 심계 또한 깊은 사람이
다. 그가 갑자기 태도를 바꿨다면 무언가 이유가 있는 것이다.

그런데 그 이유를 알 수 없으니 답답했다.

무언가 찜찜함이 있으나, 그게 무언지 알 수 없었다.

사실 눈앞에 있는 경천회는 자신들에게 위협이 되지 못한다.

허필은 늘 자신 있게 말한다. 자신의 철마대 삼백은 단일 무

력무대로 마황성 최고는 물론이고 천하제일이라고.

철마대는 그런 자부심을 가질 만큼 강했다.

자신들이 총공세에 나선다면, 지금까지 깔짝거리며 싸운 것과는 전혀 다른 양상이 펼쳐질 것이다.

그런 마황성 진영의 변화를 경천회 쪽의 척후병들이 알아차렸고 보고가 올라갔다.

너무 갑작스러웠다.

진을 뒤로 물릴 준비를 하고 있는데 적이 전면적인 공세를 준비하고 있다는 보고라니.

"허어, 무슨 속셈인 건지······."

모용백이 머리를 저었다. 어젯밤 늦은 시간까지 이어진 회의의 결과가 아무것도 아니게 되어버렸다.

경천회의 진영은 더욱 분주해졌다.

진을 정리하던 것을 멈추고 전투 준비를 시작해야 했다.

척후들의 보고에 따르면 아마도 본격적인 준비를 하는 이들은 철마대인 듯했다.

그들의 소문은 이미 경천회에서도 익히 알고 있었다.

경천회의 진영에 긴장감이 흘렀다.

그때, 마황성의 동태를 감시하던 무사가 한 사람을 발견했다.

누군가가 갑자기 나타나 홀로 마황성 쪽으로 걸어가고 있었다. 그야말로 땅에서 갑자기 솟아났다.

그에 대한 보고도 즉각적으로 올라갔다.

직접 마황성의 동태를 살피기 위해 마침 최전선에 도착한 모용백과 위지천악은 보고를 받자마자 앞을 살폈다.

과연 한 사람의 뒷모습이 보였다.

기도가 출중한 이였다.

경천회에 저런 이가 있었나 하는 생각이 들었다.

모용백은 그 뒷모습에서 기시감을 느꼈다. 사혈궁을 향해 몸
을 돌리던 한 사내의 뒷모습이 떠올랐다.

"설마……."

눈을 찌푸리며 머릿속에 떠오른 인물을 생각하던 그때.

철마대 삼백의 무인들이 모습을 드러냈다.

날을 잘 벼린 예리한 도와 같은 기세를 뿜어내는 이들이었다.

한 남자는 오롯이 그들의 기세를 맞서고 있었다.

그 모습에 모용백은 확신할 수 있었다. 천하에 그가 아니고
서야 누가 저런 모습을 보일까.

"장 공자……."

모용백의 나지막한 독백.

곁에서 그 말을 들은 위지천악의 두 눈이 크게 뜨였다. 그는
그제야 알아본 것이다.

"응? 저 잡것은 뭐냐?"

한편 허필의 눈에 자신들과 경천회의 사이 한가운데 서 있
는 이가 보였다.

"글쎄요……."

풍가우는 고개를 갸웃거렸다.

그럴 수밖에 없었다. 그들은 홍원의 용모를 모르지 않는가.

직접 만나본 사람이 아니고서야 어찌 소문의 그를 알아볼 수 있을까.

지금 홍원에게서는 아무런 기세도 느껴지지 않았다.

"밟고 가면 된다. 가자. 경천회를 쳐라! 씨를 말려 버려라!"

크게 외친 허필은 가장 선두에서 달려 나갔다.

홍원은 그런 그들을 묵묵히 바라보았다.

아직도 구양벽이 무슨 의도로 이러는지 알 수가 없었다. 하지만 그가 원하는 명분을 주려면 압도적인 모습을 보여주면 될 터.

홍원은 모처럼 마음 놓고 자신의 몸 한곳에서 날뛰고 있는 심상의 도와 살기에 대한 제어를 풀었다.

파아악!

순식간에 홍원으로부터 동심원을 그리며 퍼져 나가는 살기.

적아를 가리지 않았다.

살기의 세력권에 든 이들은 마황성과 경천회를 가리지 않고 몸이 굳었다.

모용백과 위지천악도 예외는 아니었다.

그들은 무위가 있는지라 금세 살기에 저항했지만, 다른 이들은 그러기까지 시간이 걸렸다.

"이런 살기라니……."

위지천악의 목소리가 떨렸다.

"또 다른 모습이로군. 과연 사혈궁을 압도할 만한 실력이야."

모용백은 얼굴에 맺힌 식은땀을 닦아내며 중얼거렸다.

"이런… 씨발……."

허필의 입에서 거친 욕설이 터져 나왔다.

눈앞에 있는 애송이가 뿜어낸 살기에 자신이 순간이나마 멈췄다는 사실에 분노한 것이다.

"죽어라!"

분노가 담긴 일격이 홍원을 향해 날아갔다.

그의 참마도에 맺힌 검푸른 도강이 도신을 벗어나 그대로 홍원을 덮쳤다.

홍원은 무심히 흑운을 휘둘렀다.

쾅!

요란한 소리와 함께 먼지가 자욱이 일었지만 홍원은 미동도 하지 않았다.

그사이 허필은 빠르게 몸을 날려 홍원의 지척에 이르고 있었다.

한 번의 도강으로 홍원을 어찌할 수 없다는 것은 그도 알고 있었다. 살기만으로 자신을 긴장시킨 상대를 겨우 그것으로 어찌지 못하리라는 것은 당연한 일 아니겠는가.

거대한 참마도가 홍원을 향해 떨어졌다.

흑운이 허필의 참마도에 부딪혔다.

챙!

요란한 소리가 울리며 검과 도가 힘 싸움을 시작했다. 거대한 도신에 비해 너무나 연약해 보이는 흑운이었다.

하지만 한 치의 밀림도 없었다.

오히려 얼굴 가득 핏줄이 솟아오른 허필의 참마도가 흑운을 못 버텨내는 듯했다.

두 병기 모두 주인의 내공을 한껏 머금은 상태다.

세상 그 어느 신병이기보다도 단단해져 있었다.

악 다문 허필의 이 사이로 가는 신음이 흘러나왔다. 홍원은
여전히 평온했다.

"그대들의 성주가 무슨 생각인지 나도 모르겠소만… 압도적
인 힘을 보여주겠소."

나직한 홍원의 한마디와 함께 홍원의 머리 위에 새하얀 검이
떠올랐다.

오직 강기로만 이루어진 또 하나의 검.

그것이 만들어지는 순간 홍원의 단전에서 내공이 훅 하고
사라졌다.

그럼에도 굳이 사용했다.

누구나 인정할 압도적인 모습을 보여주기 위해서.

홍원은 여전히 허필의 참마도를 상대로 힘겨루기를 하고 있
었다.

그러나 강기검은 아니었다.

천천히 움직이는가 싶더니 곧 빛살 같은 속도로 철마대의 무
사들 사이를 헤집었다.

"으악!"

"아악!"

비명 소리가 울리기 시작했다.

"이익!"

강기검을 막아보려고 하는 이들도 있었다. 하지만 부질없는 저항이었다.

서걱!

그들의 병기는 너무도 허무하게 잘려 나갔다.

"강기를 사용해야 한다! 전력을 다해 막아라!"

부대주 풍가우가 도강을 일으켜 강기검을 향해 몸을 날렸다.

강기가 깃든 무기가 아니고서는 막을 수 없음을 직감한 것이다.

대주가 정체불명의 사내에세 붙들려 있으니 자신이 나설 수밖에 없었다.

강기를 사용할 수 있는 이들이 전면에 나서 강기검에 대항했다. 하지만 그 검은 그렇게 호락호락한 상대가 아니었다.

홍원이 이기어검의 수법으로 조종하는 검은 절묘하게 강기검을 막을 수 있는 이들을 피해 날아다녔다.

제아무리 경신법을 절정으로 펼쳐 검을 막으려 한들, 강기검은 그들보다 빨랐다.

강기를 뿜어내는 무사들과 강기검 사이에 숨바꼭질이 시작되었다.

술래는 강기검이었다.

무수한 무사들이 달려들었지만, 술래를 잡을 수가 없었다. 그사이 강기를 사용하지 못하는 철마대의 무사들이 쓰러져 나갔다.

너무나 허무했다.

연이어 터지는 비명 소리와 신음 소리.

허필은 등 뒤에서 일어나는 상황을 오로지 청각으로만 느낄 수 있었다.

답답했다.

대체 무슨 일이 일어나고 있는 것인지.

당장 뒤돌아보고 싶었다.

수하들에게 호통을 치고 싶었다.

그러나 눈앞의 상대가 보통이 아니었다. 자신이 점점 밀리고 있었다.

자신의 내공을 잔뜩 머금고 한계까지 강기를 뿜어 올린 참마도에 잔금이 가기 시작했다.

"크윽!"

입술을 비집고 나오는 신음 소리가 커졌다.

홍원은 여전히 무심한 눈으로 자신의 상대를 보았다.

양팔에 힘줄을 잔뜩 드러내며 있는 힘껏 참마도를 내리누르는 허필과는 달리 홍원은 한 손으로 너무나 여유롭게 흑운을 밀어붙이고 있었다.

게다가 왼손은 뒷짐을 진 상태다.

허필은 그런 상대의 모습에 분노가 치밀었다. 자신을 이다지도 우습게 보다니.

하지만 드러난 결과가 그런 걸 어쩌겠는가.

이 와중에 홍원은 분심의 공능으로 철마대를 도륙하고 있었다.

그 모습을 양 진영의 수장들이 지켜보고 있었다.

"허어."

모용백은 아무 말도 할 수 없었다.

경천회에서와는 또 달랐다. 그사이 홍원은 더욱 강해진 듯했다.

과연 천하에 홍원을 상대할 수 있는 사람이 있을까 싶었다.

"극아."

"네, 아버님."

구양벽의 부름에 구양진극이 대답했다.

"어젯밤, 잘했다. 나를 잘 말렸어."

구양벽은 홍원이 보여주는 모습에 기가 질렸다.

철마대를 유린하며 허공을 날아다니는 강기검. 구양벽 자신이라면 막을 수 있을까?

막을 수는 있을 것이다.

하지만 그러면 홍원은?

홍원은 어찌 막아야 하는가?

'어려워.'

아무리 생각해도 방법이 없었다.

설마 저런 분심공을 사용할 줄이야.

자신이 홍원보다 강하다면야 능히 막을 수 있을 것이다. 하지만 아무리 봐도 자신이 없었다.

저 정도의 모습을 보여준다면 자신이 후퇴를 명령하더라도 반대할 이는 없을 것이다.

압도적으로 강한 적을 보았으니, 좀 더 실력을 키워야 한다는 것에 수긍하리라.

"으악!"

"으아아악!"

그사이에도 철마대의 무사들은 비명을 지르며 속속들이 쓰러지고 있었다.

"타핫!"

어쩔 수 없었다.

허필은 더 이상의 힘겨루기를 포기했다. 자신의 패배를 인정한 것이다.

최대한 내공을 끌어 올려 한 번에 상대의 검을 밀어냈다. 상대가 버티려는 힘의 반탄력을 이용해 몸을 훌쩍 뒤로 날렸다.

그리고 뒤를 보았다.

처참했다.

벌써 백에 이르는 수하들이 쓰러져 있었다. 모두 숨이 끊어진 채다.

그사이 상대가 뿜어내는 살기가 더욱 진해져 있었다.

"네놈, 누구냐? 누군데 감히 내 수하들을!"

허필이 분노에 찬 외침을 토해냈다.

"장홍원, 그게 내 이름이요."

홍원은 나직한 목소리로 답했다.

"소검선!"

홍원의 얼굴은 몰랐으나 그 이름은 알았다.

모르기가 더 어려운 이름 아닌가.

사혈궁을 꺾은 사람이거늘.

허필의 얼굴이 경악으로 물들었다. 최선을 다해 강기검을 막으려는 풍가우는 그 소리를 듣고 우뚝 멈췄다.

'이거였어. 성주가 노리는 것은… 성주는 소검선을 우리를 처리한 검으로 선택한 거야.'

홍원의 정체가 밝혀지자마자 풍가우는 구양벽의 차도살인지계를 알아차렸다.

성주에게 늘 충돌하려 하는 허필이 눈엣가시였을 것이다.

그런 허필의 힘인 철마대 또한 마찬가지.

하지만 단일 부대로는 마황성 최강의 무력인 철마대를 함부로 내칠 수는 없었을 터.

결국 사지를 골라 보낸 것이다.

소검선이 경천회 쪽에 있는 줄 알았으면 절대 선봉을 받아들이지 않았을 것이다.

허필이 하겠다고 해도 풍가우 자신이 목숨 걸고 말렸을 것이다.

그런데 지금 전장을 살피니 경천회 쪽도 예상치 못한 상황에 당황하고 있는 듯했다.

결국 소검선의 존재를 알고 있었던 것은 성주 하나였다.

'완벽하게 당했다.'

이것이었다.

갑작스러운 출정 명령에서 느꼈던 찜찜함의 정체가.

후퇴할 수는 없었다.

허필이 큰소리 친 것이 있으니.

후퇴한다면 목숨은 건질 것이되, 마황성에서의 세력을 모두 잃게 된다.

풍가우만 그 사실을 알아차린 것이 아니다.

아무리 생각이 없고 호전적인 허필이라 하지만, 그도 이제는 성주의 함정에 빠진 것을 알았다.

"빌어먹을 성주."

낮은 욕설이 그의 입에서 튀어나왔다.

홍원은 그제야 구양벽의 의도를 알아차렸다.

눈앞의 상대가 보여주고 있는 구양벽을 향한 분노에서 알게 된 것이다.

저것은 성주에게 충성을 다하는 수하의 모습이 아니었다.

'차도살인지계의 검으로 나를 이용한 것인가?'

성주에게 반항심을 가지고 있는 수하를 최전방에 세웠다.

그리고 후퇴를 위한 명분을 만들어달라 했다.

홍원은 차도살인지계인 줄도 모르고 최대한 압도적인 모습을 보여주기 위해 검을 들었다.

그런데 그것이 철저히 상대에게 이용당한 것일 줄이야.

언짢았다.

아니, 정확히는 기분이 나빴다.

'오랜만이군. 이런 기분은.'

더 정확히 말하자면.

"기분이 아주 더러워."

홍원이 낮게 중얼거렸다.

허필이 그런 홍원을 알 수 없다는 얼굴로 바라보았다.

이렇게 자신들을 썰어냈으면서 뭐가 기분이 더럽단 말인가.

아닌 말로 자신의 기분이 훨씬 더 더러웠다.

그 순간 강기검이 사라졌다.

홍원이 내공을 회수한 것이다.

강기검을 유지하던 내공이 돌아오면서 단전의 내공이 조금 차올랐다.

홍원은 잠시 호흡을 골랐다.

그사이 감히 홍원에게 덤벼들려는 이는 없었다.

"후우."

긴 한숨이다.

그사이 천선심법의 힘으로 제법 많은 내공이 돌아왔다.

홍원이 흑운을 높이 들었다.

그의 몸에서 살기가 세찬 폭풍이 되어 몰아치기 시작했다.

아까와 다른 점은, 동심원으로 퍼져 나가는 것이 아니라 오직 홍원의 앞으로만 투사되고 있다는 것이다.

철마대뿐만 아니라 마황성의 진영에까지 살기가 미쳤다.

"으윽."

그 기분 나쁘고 무거운 살기에 절로 신음이 흘러나왔다.

홍원의 내부에 있던 심상의 도가 미쳐 날뛰었다.

패도적이고 압도적인 기운이 홍원의 팔을 타고 휘몰아쳤다.

홍원이 검을 내려쳤다.

하늘에서 떨어져 내리는 참격.

콰앙!

요란한 소리와 함께 줄기줄기 뻗어나가며 땅을 갈랐다.

마황성의 진영을 갈랐다.

비명도 없고, 움직임도 없었다.

너무도 순식간에 일어난 일이었다.

구양벽의 삼 보 옆을 휩쓸고 지나간 검격이다.

"커헉."

구양벽이 피를 토했다.

삼 보 옆을 휩쓸어 버린 검격에 내상을 입었다.

구양진극 역시 안색이 핼쑥하게 변해 있었다.

만약 그가 반대편에 서 있었다면 저 검격에 사라져 버렸으리라.

정적이 내려앉았다.

아무도 입을 열지 못했다.

그것은 압도적인 공포였다. 내려치기 하나로 만들어낸 결과라고 믿을 수 없었다.

마황성의 진영을 완전히 잘라 버렸다.

그 끝이 어딘지 짐작조차 할 수 없었다.

괴물이었다.

검격이 지나간 자리에 있던 이들은 모두 처참하게 베어져 있었다.

"후, 후퇴한다······."

구양벽이 힘겹게 말했다.

그리고 최대한 빠르게 물러섰다.

그는 직감하고 있었다. 홍원이 자신의 차도살인지계를 알아
차렸다고.

그 분노의 일격이 떨어진 거라고.

최대한 빨리 도망가야 했다.

명분 따위는 필요 없었다.

아니, 이제 마황성의 모든 사람이 알 것이다. 저 괴물이 눈앞
에 있는 이상은 무조건 후퇴해야 한다고.

그것은 철마대 역시 마찬가지였다.

허필을 비롯해 살아남은 무사들 모두 전력을 다해 물러났다.

홍원은 그들을 가만히 바라보고 있었다.

그 두 눈에 가득한 분노를 담고서 말이다.

현재 홍원의 내부도 요동을 치고 있었다. 심상의 도가 너무
나 많은 내공을 끌어가 버렸다.

그야말로 단 한 줌의 내공만 남았다.

그것을 어찌 알았을까.

살기와 심상의 도가 홍원의 내부에서 마음껏 활개 치기 시
작했다.

홍원으로서는 그것들을 최대한 억눌러야 했다.

그것이 가장 급한 일이다.

그랬기에 구양벽의 뒤를 쫓을 수 없었다.

천선심법으로 모여드는 내공을 모두 사용해서 살기와 심상의 도에 대항했다.

처음에는 힘겨웠다.

하지만 시간이 지나고 내공이 점점 늘어날수록 조금씩 감당해 나가고 있었다.

시간이 흐를수록 자신들에게 불리하다는 것을 알기라도 하듯 살기와 심상의 도는 발악에 가깝게 난리를 쳤다.

홍원의 입가로 가는 핏줄기가 흘러내렸다.

그럼에도 승자는 홍원이었다.

겨우겨우 이겼다.

살기가 차지한 자리가 더욱 커졌다.

철마대를 상대하면서 늘어난 살기와 일순간의 내공의 소진 때문에 일어난 결과다.

이제는 정말로 살기를 다스려야 했다.

살기를 먹고 자라는 심상의 도가 조금 더 커진다면, 그때는 진짜 감당할 수 없을 것 같았다.

이미 아슬아슬한 상태다.

홍원은 몸을 훌쩍 날렸다.

"저……."

홍원을 향해 조심스레 다가오던 모용백은 그런 홍원의 움직임에 미처 그를 부르지도 못했다.

그저 허망하게 그 뒷모습을 바라볼 뿐이다.

경천회에서 사혈궁을 향해 떠나갈 때의 그 뒷모습이었다.

이번에는 오직 홍원의 뒷모습만을 보았을 뿐이다.

그럼에도 압도적이고, 위대했다.

홍원은 빠르게 달렸다.

남은 시간이 얼마 없었다. 마음 같아서는 모든 내공을 사용하여 달릴 수 있는 최고 속력으로 달리고 싶었으나 그럴 수 없었다.

마구잡이로 날뛰는 살기를 억누르며 낼 수 있는 속력은 지금이 한계였다.

홍원은 기감을 넓게 펼쳐 최대한 인적이 없는 곳으로 향했다.

눈은 연신 주변을 살피기 바빴다.

최대한 눈에 띄지 않는 곳으로 찾아야 했다.

자신이 위험해서가 아니다.

멋모르고 우연히 자신을 발견했다가, 살기와의 싸움에 휘말릴 사람을 걱정해서였다.

"이제 한계인가……."

어쩔 수 없었다.

더 이상 버틸 수가 없었다.

홍원은 급한 대로 눈에 띈 골짜기 아래로 내려갔다.

반경 십 리 안에는 사람의 기척이 없었다. 현재 홍원이 펼칠수 있는 최대 거리의 기감이었다.

홍원은 즉시 가부좌를 틀고 앉았다.

그리고 살기와의 싸움에 전력을 다했다.

홍원은 천천히 심상 속으로 빠져들었다.

그곳에서 자신을 만났다.

붉은 눈을 이글거리며 거대한 도를 들고 있는 장홍원.

꿈속의 자신이리라.

시뻘건 도강을 줄기줄기 뿜어내며 홍원에게 홍원이 달려들었다.

홍원은 즉시 흑운을 뽑아 들어 도강을 막았다.

흑운에는 어느새 새하얀 검강이 맺혀 있었다.

혈도강과 백검강.

둘의 싸움은 치열했다.

심상 속의 싸움이 치열해지는 만큼 가부좌를 틀고 앉은 홍원의 주변으로 거센 기운의 폭풍이 휘몰아쳤다.

모두 홍원에게서 뿜어져 나오는 것이었다.

두 사람의 싸움은 치열했다.

끊임없이 펼쳐져 나오는 패도적인 천선의 도법.

홍원은 자신의 천선의 검법을 펼치며 쉬지 않고 맞서 싸웠다.

온몸이 땀에 흠뻑 젖었다.

손이 부들부들 떨렸다.

호흡이 거칠다 못해 당장 끊어질 것만 같았다.

그 모든 것이 심상 속의 일이다.

하지만 가부좌를 튼 홍원의 얼굴은 새하얗게 질려 있었고, 온몸이 땀으로 흠뻑 젖어 있었다.

심상이 본체에 영향을 미친 것이다.

시간이 흐르면 흐를수록 조금씩 홍원이 우세해져 가고 있었다.

그럴수록 도를 든 홍원의 얼굴이 사나워졌다. 흉신악살의 얼굴을 가진 듯했다.

홍원은 점점 더 여유를 찾아가며 자신을 상대했다.

도를 든 홍원은 패도적이고 강했다.

살기가 조금 더 강해졌다면, 감당하지 못할 뻔했다.

그야말로 아슬아슬했다.

마황성을 찾아가며 중간중간 무유팔절검해를 수련하고 살기를 다스린 덕분이었다.

그러지 않고 그저 서둘러 정리할 생각으로 빠르게 달리기만 했다면, 지금 저 녀석에게 먹혔을지도 몰랐다.

구양벽의 전략은 나쁘지 않았다.

홍원의 상태를 알았던 것은 아니지만, 우연의 일치로 홍원을 상당히 곤경에 처하게 한 것이다.

만약 그가 제물로 더 많은 무사들을 몰아넣었다면, 어쩌면 홍원은 또 다른 자신에게 먹혔을 것이다.

그것이 마황성에게 화가 될지 복이 될지는 모를 일이지만, 어쨌든 그런 일은 일어나지 않았다.

무유팔절검해에 생각이 미치자 홍원의 검이 변했다.

천선을 상대할 수 있는 것은 천선이라는 생각에, 천선만을 펼치던 검의 움직임이 달라진 것이다.

무유팔절검해의 경로를 따라 검이 움직였다.

무유팔절검해도 충분히 대단한 검법이었다.

홍원은 천선만이 최강이라는 생각을 버렸다.

전세가 다시 바뀌었다.

조금의 우세가 점점 더 확실한 우세로 바뀌더니 어느새 승기를 잡은 홍원이다.

홍원의 검에 홍원의 도가 부딪힐 때마다, 도의 기운이 흩어지기 시작했다.

무유팔절검해가 살기를 흩어내는 것이다.

도를 든 홍원이 당황했다.

백검강과 부딪히면 부딪힐수록 혈도강의 기세가 약해져, 그 빛깔이 점차 옅어졌다.

종래에는 도강이 사라졌다.

도를 든 홍원은 무척이나 분한 얼굴을 하고 홍원을 바라보고 있었다.

이를 악문 얼굴로 홍원을 노려보던 홍원은 몸을 돌려 사라졌다.

그리고 홍원이 두 눈을 떴다.

시간이 얼마나 흐른 것인지 알 수 없었다.

그저 깜깜한 밤이었다.

주변의 모습은 처참했다.

나무가 부러지고, 땅이 파이고, 돌이 굴렀다.

모두 홍원의 몸에서 나온 기운 때문이었다.

기감을 펼쳐 주변을 살피니 여전히 사람은 없었다. 주변을 살펴도 사람의 시체 같은 것은 없었다.

다행히 자신이 심상에 빠져든 동안 이곳에 접근한 사람은 없었던 것 같았다.

그저 멋모르고 접근했던 산짐승의 시체만이 몇 구 있을 뿐이다.

홍원은 하늘을 올려다보며 시간을 가늠했다.

사위가 짙은 암흑에 빠져 있었다.

그저 별만 총총히 빛나는 하늘이다. 어디에도 달은 없었다.

'그믐인가?'

자신이 구양벽과 대화를 나누었던, 그 밤의 하늘을 떠올렸다.

점점 작아지는 달이 분명 있었다.

'최소 팔 일은 흐른 듯하군.'

달의 크기에서 시간의 흐름을 추측했다.

사실 지금 홍원에게 며칠 정도의 시간의 흐름은 중요한 것이 아니었다. 이미 급한 일은 모두 끝내고 당분간 살기를 다스리는 여행을 하려 하지 않았던가.

홍원은 내부를 관조했다.

싸움의 승리 덕분일까? 살기의 크기는 절반 이하로 줄어 있었다.

이 정도면 부담이 없었다.

그때 극심한 허기가 몰려왔다.

보낸 시간이 있으니 당연한 감각이다. 홍원은 근처 산짐승의 시체를 살폈다.

죽은 지 제법 시간이 지난 것인지, 먹지는 못할 것 같았다.

"후."

아쉬운 한숨을 내쉬고는 몸을 날렸다.

당장 배를 채워야 할 것 같은 극심한 허기 때문이다. 홍원은 제법 큰 토끼 한 마리를 잡아 순식간에 손질을 하고는 구워 먹었다.

허기는 남았지만, 괜찮았다.

다른 모든 일을 제치고 무언가 먹어야만 한다는 생각이 사라졌다.

홍원은 천천히 머릿속을 정리했다.

심상 속에서 겪은 일을 하나하나 되짚었다.

제법 괜찮은 공부가 되었다.

꿈속의 자신을 직접 상대한 것 아니던가.

"살기가 진해지니 이런 일도 겪는군."

홍원이 담담히 중얼거렸다.

그는 강했다.

만약 그가 머금은 살기가 더 강했다면 졌을지도 모를 일이다. 그러나 이제는 상관없었다.

심상 속에서 무유팔절검해의 공능을 발견했기 때문이다.

그가 자신을 압도하지만 않는다면 얼마든지 상대할 자신이 있었다.

"어쨌든 향산으로 가야겠어."

홍원은 생각의 정리를 마치고 일어났다. 목적지는 정해졌다.

유람의 첫 번째 장소는 향산이다.

기껏 떠나온 고향, 그곳을 찾으려는 이유는 한 가지였다.

"아무래도 천선의 비급을 다시 봐야겠어."

심상 속에서 천선을 상대하며 떠오른 온갖 상념들. 그것을 정리하려면 아무래도 천천히 비급을 봐야 할 것 같았다.

이미 토씨 하나 틀리지 않고 모두 외우고 있는 비급이건만, 직접 봐야겠다는 생각이 강하게 들었다.

그렇기에 향산으로 향하기로 한 것이다.

어둠 속으로 홍원이 훌쩍 몸을 날렸다.

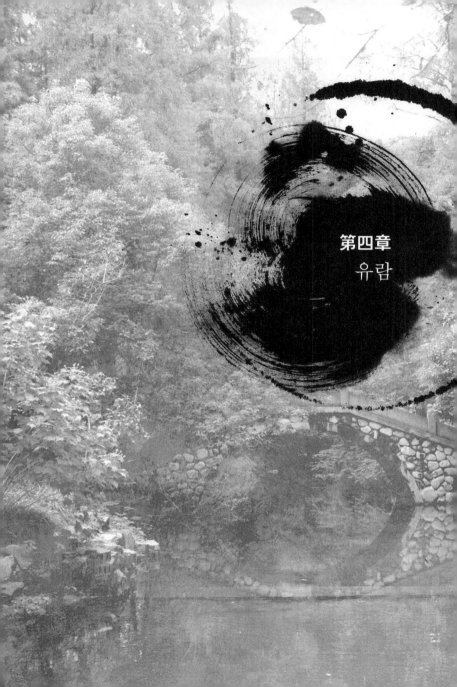

第四章
유람

적이 떠난 전장은 처참했다.

단 한 번의 치열한 전투. 그걸로 끝이었다.

그러나 과연 그것을 치열한 전투라 할 수 있을 것인가?

모용백은 가만히 전장을 바라보며 고개를 저었다.

그것은 일방적인 학살이고, 살육이었다.

자유로이 노니는 새하얀 검강의 잔인한 학살.

지엽적인 전투가 아닌 한 개의 무력부대가 공격을 가한 단 한 번의 전투로 마황성과의 전쟁은 끝났다.

그리고 그 전투는 단 한 사람이 끝내 버렸다.

마황성은 혼비백산하여 후퇴했다.

전장에 남아 있는 시신들만이 그들이 이곳에 있었음을 알려주었다.

경천회는 그 시신을 정리하고 있었다.

비록 적이었지만, 이곳에서 짐승들의 밥이 되게 놔둘 수가 없었다.

전장의 정리가 끝나면, 그들도 그리운 집으로 복귀할 것이다.

"형님, 그는 대체 어떤 존재일까요?"

묵묵히 전장을 바라보는 모용백의 곁으로 다가온 모용중호가 물었다.

"글쎄다."

그도 당최 알 수가 없는 일이었다.

"그는 얼마나 강한 걸까요?"

"글쎄다."

이번에도 답할 수 없는 물음을 던졌다.

모용중호 역시 답을 바라고 한 물음은 아니었던지 그저 전장을 바라보고 있었다.

경천회의 무사들이 바쁘게 움직이면서, 시신들이 정리되고 있었다.

제법 큰 구덩이가 곳곳에 파였고, 구덩이마다 두세 구의 시신이 안장되었다. 들짐승이 파헤치지 못하도록 자갈과 돌로 덮고 다시 흙으로 단단하게 덮었다.

비록 적이지만 굉장히 꼼꼼하게 안장하고 있었다.

"당금 천하에 그 누구도 당해낼 수 없지 않을까 싶다. 개인이든, 세력이든."

한참 지나 모용백이 나직이 말했다.

모용백의 시선은 전장에서 한참이나 멀리 떨어져 있었다.

곧게 파인 땅.

단 일 수의 참격으로 갈라 버린 그곳.

마황성을 혼비백산하게 만들었던 마지막 일격.

그 신위를 과연 사람이 보일 수 있는 것인가?

모용백은 자신의 무공을 아무리 궁구해 봐도 저런 위력은 불가능할 거란 생각이 들었다.

"천선문의 움직임에 대해서는 들어온 소식이 없느냐?"

"네. 조용하다고 합니다."

문득 천선문이 두려워졌다.

검선의 제자인 홍원.

결국 그의 무공의 근원을 찾아가면 천선문일 테니.

천선문에 저런 무공이 존재한다는 것 아닌가.

"천선문을 좀 더 경계해라."

숭무련.

사혈궁.

마황성.

차례로 커다란 타격을 입었다.

사대세력 중 그 힘을 온존하고 있는 곳은 경천회가 유일했다.

어쩌면 천선문의 견제가 들어올지도 모를 일이다.

그들은 철저히 황제를 위한 세력이었으니.

홍원의 압도적은 신위는 모용백으로 하여금 천선문의 힘에 대해 경계심을 가지게 만들었다.

마황성과 홍원의 전투 다음 날.

아직은 그 소식이 퍼지지 않은 때에 영호진평은 숭무련의 무사 이백 명과 가문의 무사 백 명을 이끌고 남하하고 있었다.

힘이 다 빠져 버린 사혈궁을 치기 위해서였다.

이 인원으로 사혈궁 전체를 상대할 수는 없다. 아무리 상처 입었다 할지라도 호랑이는 호랑이니까.

하지만 주변부터 야금야금 힘을 빼면서 점점 더 큰 전력을 동원하면 사혈궁에 큰 타격을 주는 것은 어려운 일도 아닐 것이다.

영호진평은 어디까지나 현재 사혈궁의 상태를 가늠하기 위한 선봉의 역할이었다.

관도를 따라 얼마나 이동했을까.

이제 사혈궁의 세력권에 들었다 싶은 순간 그들을 막아서는 세 사람이 있었다.

교하운과 하후필, 야율초였다.

"네놈은 누군데 감히 본 공자의 길을 막는 것이냐?"

고작 세 명이 길을 막고 있었기에 그들을 우습게 본 영호진평의 어조엔 짜증이 가득했다.

"영호진평 맞는가?"

교하운은 이미 숭무련의 선봉에 대한 정보를 얻은 상태였다.

"뭐라?"

교하운의 물음에 영호진평의 안색이 조금 변했다. 길을 막은 이가 자신을 알고 있다는 것은, 결국 자신을 기다리고 있었다는 뜻.

거기에 생각이 미치자 영호진평의 입꼬리가 씰룩이며 올라갔다.

명백한 조소였다.

"겨우 세 명으로 본 공자와 대승무련을 기다렸다? 하아, 사혈궁도 정말 이제는 다된 모양이군. 다시 묻는다. 네놈은 누구냐?"

그런 영호진평의 행동에 교하운은 피식 웃었다.

하룻강아지 범 무서운 줄 모르는 꼴이었다.

교하운의 그런 반응에 영호진평의 눈썹이 사납게 꿈틀거렸다. 상대가 자신을 우습게 본다고 느낀 것이다.

막 뭐라 외치려는 찰나, 상대가 나직이 말했다.

그러나 귀에 너무도 똑똑히 들렸다. 내공을 실어 말한 것처럼.

"교하운."

짧은 석 자의 이름.

그러나 그 이름이 가지는 무게는 태산과도 같았다.

"사… 사혈궁주……."

영호진평의 목소리가 떨렸다.

설마 궁주가 직접 이곳으로 올 줄이야.

그러나 이내 영호진평은 정신을 차렸다. 어쩌면 이것은 기회였다.

어찌 그렇지 않을까.

사혈궁주라는 작자가 겨우 수하 둘만 데리고 자신을 막아서지 않았는가.

그가 장홍원이라는 괴물같이 강할 리는 없었다.

그랬다면 사혈궁이 그리 당하지는 않았을 테니.

결국 저들 셋으로는 자신의 병력을 감당할 수 없다. 즉, 저 셋의 목숨은 자신의 손바닥 위에 있다는 뜻이다.

사혈궁주를 잡는다?

얼마나 큰 공인가. 그 생각에 절로 웃음이 나왔다.

스스로 자신의 앞에 나와준 교하운이 너무나 고마웠다.

"크흐흐흐, 대체 무슨 생각으로 이곳에 나타난 것이오? 교궁주?"

영호진평의 행동에 그가 무슨 생각을 하는지 교하운에게 훤히 보였다. 교하운은 피식 웃으며 창을 들었다.

"문답무용이라고들 하지?"

영호진평은 교하운의 말이 참 마음에 들었다.

"모두 쳐라!"

그 말과 동시에 삼백의 무사가 교하운을 향해 달려들었다.

우연이라기에는 너무나 비슷했다.

전날 홍원이 상대한 이들도 삼백이 아니었던가.

물론 마황성의 정예 중의 정예인 철마대와 영호진평의 수하들은 그 질에서 현격한 차이가 난다.

교하운은 빙그레 웃으며 자신을 향해 달려오는 삼백의 무사들 속으로 스스로 달려들었다.

새빨간 강기로 물든 창.

그리고 어느새 허공에 나타난 또 하나의 새빨간 강기의 창.

두 자루의 창이 어지러이 움직였다.

하후필과 야율초는 한발 물러서 그 모습을 가만히 지켜보았다.

양 떼의 무리 속에 있는 호랑이가 저럴까.

두 자루의 창은 맹호의 사나운 이빨처럼 무사들을 물어뜯었다.

영호진평은 그 모습을 멍한 얼굴로 바라보고 있었다.

압도적이었다.

그의 무위 앞에 숫자 따위는 무의미했다.

어찌 이럴 수가 있단 말인가.

"후아, 살 떨리는군."

하후필이 그 모습을 보며 나직이 말했다.

"그러게. 주군의 저런 모습이라니……."

지금과 같은 교하운의 모습은 그들로서도 처음 보는 모습이었다.

사혈궁의 궁주가 되기로 마음을 먹고, 자신의 세력을 지키기 위해 교하운은 지금까지와는 다른, 맹수와도 같은 모습을 보이고 있었다.

"주군의 저런 모습만 봐도 엄청난데… 그 괴물은……."

하후필은 문득 홍원의 모습이 떠올랐다.

아무리 생각해도 그는 인외의 존재인 듯했다.

"나는 읍성 쪽으로는 오줌도 안 쌀 거야."

야율초의 말에 하후필은 피식 웃었다.

하지만 마냥 웃지는 못했다. 그는 요즘 잠자리에 들 때면 서쪽을 등지고 동쪽을 보며 잠들었다.

서쪽에는 읍성과 향산이 있었으니.

그들이 그런 쓸데없는 생각을 하며 시간을 보내는 동안, 교하운은 차곡차곡 적들을 정리해 나갔다.

삼분지 이의 적이 사라졌을 때쯤, 더 이상 교하운에게 덤벼드는 이는 없었다.

그저 죽어라 도망칠 뿐이다.

영호진평도 그중 하나였다.

이제 당분간 숭무련은 함부로 사혈궁을 넘보지 못하리라.

그래도 혹시 모르니 교하운은 당분간 이곳에서 지낼 생각이었다.

사혈궁의 재건은 문상에게 맡겨두면 될 일이다.

그라면 잘해낼 것이라는 믿음이 있었으니.

향산은 어느새 울긋불긋하게 변하고 있었다.

무더운 여름도 모두 가고 선선한 가을이 찾아왔다. 들에는 농부들이 수확 준비에 한창이었다.

풍족한 계절이 올해도 찾아왔다.

홍원은 읍성에 들르지 않고 곧장 향산으로 향했다. 오랜만에 찾은 곳이지만 여전히 정겨웠다.

홍원은 늘 수련을 하던 그곳으로 향했다.

절벽에서 훌쩍 뛰어내려 도착한 곳.

이곳은 여전했다. 변한 것이 아무것도 없었다. 사람의 흔적 역시 없었다.

오직 홍원만을 위한 장소였다.

그래서였을까?

포근함이 느껴졌다.

홍원은 예의 그 바위를 밀었다.

여전히 그 자리에 있는 상자를 열고 손때 묻은 비급을 꺼냈다.

천선.

변함없이 이곳에서 홍원을 기다리고 있었다.

홍원은 바위에 기대어 앉아 비급을 읽었다.

한 자, 한 자.

천천히 그리고 깊게 읽었다.

무수한 상념이 머리를 스치고 지나갔다. 그 하나하나가 값졌다.

홍원은 비급에 빠져들었다.

이미 모두 외우고 있었고, 머릿속에 있건만 이렇게 직접 보고 읽으면 그 느낌이 달랐다.

몇 번이나 읽었을까?

셀 수 없었다.

그럼에도 홍원은 쉬지 않고 계속해서 읽어나갔다.

마지막 장에서 첫 장으로 돌아오길 몇 번을 반복했을까.

사위는 어두컴컴하게 변해 있었다.

홍원은 문득 정신을 차리고서야 이런 시간의 흐름을 깨달았다.

"후우, 무언가 잡힐 듯한데……."

홍원은 아쉬운 눈으로 천선을 내려다보았다.

분명 비급 속에 무언가가 있었다. 그런 직감이 강렬하게 들었다.

그저 사부가 직접 써 내려간 비급일지라도, 이 비급 속에 무언가가 있었다.

사부가 숨겨놓은 것은 아니었다.

그저 천선 그 자체가 가진 것이었다.

머릿속의 구결을 뒤져서는 얻을 수 없는 무언가였다.

그렇다고 비급에만 빠져 있을 수는 없었다.

홍원은 비급을 상자에 넣어 다시 바위 아래에 보관했다. 그리고 무유팔절검해의 수련을 시작했다.

검이 움직임에 따라 몸속의 살기가 풀려 검끝으로 흩어지고 있었다.

홍원은 그런 변화를 분명히 느낄 수 있었다.

검은 쉬지 않고 움직였다.

해가 뜨고 지기를 반복하는 동안 홍원의 일상은 똑같았다.

비급을 읽고, 무유팔절검해를 펼쳤다.

간혹 이곳을 벗어나 사냥을 해 식사를 해결했다.

지독히도 똑같은 나날의 반복이었다.

그사이 울긋불긋하게 물든 향산의 나뭇잎들이 하나둘 떨어지기 시작했다.

날씨도 부쩍 쌀쌀해졌다.

선선한 가을의 공기도 제대로 느끼지 못한 채 홍원은 겨울을 맞고 있었다.

"이 정도면 된 것 같기도 한데……."

홍원은 내부를 관조한 후 몸을 일으키며 중얼거렸다.

살기는 거의 모두 흩어져 있었다. 심상의 도도 그 모습을 찾을 수 없었다.

마황성과의 싸움 직후와 비교하면 삼 푼 정도의 살기만이 남은 듯했다.

이것을 마저 흩어내야 할까?

벌써 열흘이 흘렀건만 저 삼 푼이 쉬이 흩어지지 않았다.

열흘 전부터 아무리 무유팔절검해를 펼쳐도 남아 있는 살기는 흩어지지 않고, 제자리걸음이었다.

더 이상은 안 된다는 결론을 내렸다.

남아 있는 녀석들은 아무래도 다른 방도를 찾아야 할 듯했다.

그 해답은 아마도 천선에 있지 않을까란 생각으로 비급을 끊임없이 읽었지만, 아무런 단서도 찾지 못했다.

무언가 있을 듯한 간질간질함만 심해질 뿐.

홍원이 비급을 얻고 나서 오늘까지 읽은 횟수만 헤아려도 수천 번은 넘을 것이다.

이렇게까지 했는데도 변하는 것이 없다면 잠시 쉬어갈 때다.

홍원은 덥수룩하게 자란 수염과 머리를 만지며 이제는 향산을 잠시 떠나야겠다고 마음먹었다.

경천회를 떠나며 말했던 유람이라는 것을 본격적으로 해볼 생각이었다.

"어디로 갈까?"

홍원은 가만히 목적지를 생각해 보았다.

어디로 가도 상관없는 일이다.

비급은 다시 바위 밑에 잘 챙겨놓았다. 설사 이곳을 발견하는 사람이 있다 하더라도 그곳에 비급이 있음은 알지 못할 것이다.

사실 이제 천선의 비급은 홍원도 만들 수 있다.

단숨에 쉬지 않고 처음부터 끝까지 써 내려갈 수 있을 정도로 완벽하게 외우고 있었다.

그러나 저 비급은 사부의 유일한 흔적이다.

사부께서 등선하신 후 남아 있는 유품은 모두 태워서 날려 보냈다. 그것이 사부의 유언이었기에.

그랬기에 천선의 비급은 이제 홍원에게 있어 비급으로서의 가치보다 사부의 유품으로서의 가치가 더 컸다.

더 소중히 보관해야 하는 이유는 그것이었다.

떠날 준비를 모두 마쳤건만 다시 주저앉았다. 목적지가 정해지지 않은 탓이었다.

가보고 싶은 곳은 많았다.

가족들에 대한 걱정이 없는 것은 아니었지만, 마황성까지 정리했으니 경천회에서 잘 보살펴 주리라.

"흐음."

고민이 길어졌다.

홍원은 가만히 하늘을 올려다보았다.

동, 서, 남, 북.

어디가 좋을까?

그때, 자유로이 하늘을 날아가는 한 무리의 새 떼가 보였다.

그들이 향하는 곳은 서쪽이었다.

"좋아."

그렇게 홍원은 충동적으로 서쪽으로 향하기로 마음먹었다.

지금 홍원이 있는 곳은 향산 동면이다.

서쪽으로 가려 하면, 향산의 중심을 지나야 한다.

그것은 내키지 않았다.

향산은 기이하고도 웅장하고 장엄한 산이다. 그리고 그 중심에 대해서는 알려진 것이 아무것도 없었다.

그야말로 전인미답의 장소였다. 향산에서 가장 험한 곳이라는 소문만 무성할 뿐 그것을 확인한 사람은 없었다.

어린 시절 기억으로는 아버지께서 산의 길을 이용해 중심 근방을 다녀오신 것도 같았다.

중심에도 길이 이어져 산의 길을 보았다고 말씀하신 것을 들은 기억이 있었다. 산의 길을 타면 향산에 누비지 못할 곳이 없었으니.

아무리 산의 길로 안전하게 지나갈 수 있다고 하더라도 가족들이 기다리고 있는 자신의 입장에서는 굳이 미지의 땅에서 모험을 할 이유가 없었다.

안전하게 남면을 통해 우회하기로 하였다.

그렇게 홍원은 예전에 종현과 함께 갔던 길을 홀로 걸었다.

유람이 목적이었기에 굳이 산의 길을 이용하지 않았다.

울창한 나무 사이로 난 작은 길을 그저 한가로이 걸었다. 홍원의 생각에는 한가로이 걸은 듯하지만 그 속도는 빨랐다.

나무들이 빠른 속도로 뒤로 사라졌다.

그럼에도 끝이 보이지 않을 정도로 울창한 나무들이 들어차 있었다.

과연 임해였다.

그런 홍원의 접근을 목이문의 무사들이 알아차렸으나 아무런 제재도 없었다.

홍원과 목이문의 관계를 생각하면 당연한 일이다.

이번 행로의 목적지는 목이문이 아니었기에 굳이 들르지 않고, 그들의 영역을 지나쳤다.

남면으로 중심을 모두 우회한 후 홍원은 다시 한 번 고민에 빠졌다.

북상하게 되면 한 번도 가본 적이 없는 향산 서면에 진입하게 된다.

그리고 서쪽으로 향하게 되면 천화국이다.

종현과 함께 향신료를 구하러 갔던 그곳이다.

'어떻게 할까?'

문득 천화국의 항구에서 봤던 두 사람이 떠올랐다.

살림 림주 사강도와 송림.

'그러고 보니 그들과도 해결을 해야지.'

종현이 함께 있었기에 그들을 끝까지 쫓지 않았었다.

"이타라였던가?"

그들을 마지막으로 보았던 항구도시의 이름을 떠올렸다.

그리고 목적지도 정해졌다.

아직 그들을 어찌할지 결정을 내리지는 못했지만, 일단은 그들을 보러 가기로 마음먹었다.

무림은 다시 한 번 소란스러워졌다.

교하운이 숭무련을 상대로 보인 신위 때문이었다. 이미 홍원에게 패했다는 소문이 퍼져 사혈궁은 끝났다는 생각이 팽배해 있었다.

그것은 숭무련을 상대로 사혈궁이 건재함을 증명한 것이다.

이후 시일이 제법 흘러도 숭무련에서는 아무런 움직임이 없었다.

현재 상황에서 숭무련이 입은 타격은 적지 않았다.

산술적인 피해로 따진다면 경천회 다음으로 적었지만, 교하운 단 일인에게 당했다는 것이 컸다.

감히 다시 움직일 생각을 하지 못하고 있었다.

공야무는 전대련주인 신도운악에 비교해 약했다. 그건 명백한 사실이었다.

숭무련의 모두가 아는 사실이다.

그러던 차에 강력한 일인에게 타격을 입었다.

숭무련에는 현재 교하운을 상대할 수 있는 인물이 없었다. 신도운악이 살아 있다 하더라도 과연 감당할 수 있을까란 의문이 나왔다.

그것이 숭무련이 움직이지 못하는 이유였다.

삼백의 무사를 홀로 상대할 수 있는 고수라면 그는 전술을 무시할 수 있는 파괴력을 보이기 때문이다.

"하아, 어쩌다 일이 이렇게 된 것인지……."

홀로 앉아 있는 방에서 공야무는 절로 한숨을 내쉬었다.

그토록 바라던 숭무련주가 되었건만 자신의 마음대로 되는 일은 없었다.

이번 패배로 자신을 보는 수하들의 두 눈에 불신이 가득한 것만 같았다.

한 가지 다행한 일이라면 마황성 역시 큰 피해를 입고 후퇴했다는 것이다.

거기도 단 한 사람에게 당했다.

장홍원.

교하운도 대단했지만, 장홍원은 아예 상상을 불허하는 절대적인 경지를 보여줬다.

그가 자신들이 몰아붙였던 묵검신협이었다니.

그 사실을 떠올리면 등에 식은땀이 절로 맺혔다. 어쩌면 그날 숭무련은 사혈궁 이상의 타격을 입을 뻔했을지도 몰랐다.

그야말로 운이 좋았다.

'아무래도 유화랑 보통 사이가 아닌 듯한데…….'

그날도 회의석상에 단리유화가 있지 않았던가. 어쩌면 그날 운이 좋았던 것이 아니라, 단리유화 때문에 참았을지도 모른다는 생각이 들었다.

공야무의 고민이 깊어졌다.

단리유화를 이용해서 홍원을 숭무련으로 끌어들일 수만 있다면 자신의 머리를 아프게 하는 문제들이 모두 해결될 것만 같았다.

하지만 문제는 홍원의 종적이 묘연하다는 것이었다.

마황성과의 싸움 이후 그는 하늘로 솟았는지, 땅으로 꺼졌는지 그 소재를 알 수가 없었다.

단리유화를 설득해 그에게 보내려고 해도 그가 어디에 있는지 알아야 할 터.

천하의 이목이 홍원의 행방에 집중되었건만, 그가 어디에 있는지 알아낼 방도가 없었다.

광평성에 내려앉았던 긴장감은 언제 그랬냐는 듯 깨끗이 없어졌다.

알게 모르게 경천회로부터 퍼져 나온 전쟁의 긴장감은 씻은 듯이 사라졌다.

거리마다 밝게 웃는 사람들로 가득했다. 시장통은 왁자지껄 시끄럽게 활기가 넘쳤다.

광평성의 주민들도 알고 있었다. 마황성과의 전쟁 결과에 따라 자신들의 삶이 바뀔 수도 있음을 말이다.

성내에만 있는 이들이지만, 상인들을 통해 전해진 소식이 퍼지는 속도는 빨랐다. 삶에 관련된 문제이니 당연한 일이었다.

모처럼 시장에 나온 모용연의 얼굴에도 웃음이 가득했다.

걱정거리가 사라졌으니 어찌 그렇지 않을까.

그녀는 모용혜와 홍산, 홍해와 함께 움직이고 있었다. 호위무사들이 주변에서 움직이고 있음은 당연했다.

모용혜와 함께 신이 나 앞에서 폴짝거리며 걷는 홍해의 곁에서 당당히 걷고 있는 묵린 때문에라도 호위무사들이 나설 일은 생기지 않을 듯했다.

모처럼 만의 거리 나들이에 아이들의 얼굴은 화창한 날씨처럼 밝았다.

그동안은 혹시나 하는 생각에 경천회 내성 밖으로 한 발자국도 못 나가게 했으니 자연스러운 반응이다.

그 와중에 홍산은 많은 면에서 달라졌다.

심온의 가르침 덕이었다. 그렇잖아도 애늙은이 같았던 그 성격은 더욱 진중해졌고, 매사에 관심을 가지며 집중했다.

지금도 사방에서 들려오는 사람들의 대화를 하나라도 놓칠까 귀를 쫑긋 세우고 있었다.

그 모습에 모용연은 고개를 절레절레 저었다.

요 근래 충분히 겪었기에 그녀도 결국은 포기한 것이다. 홍산이 보통 아이들처럼 행동하는 것은 불가능했다.

그나마 홍해는 달랐다.

시간이 갈수록 더욱 예뻐지고 있었다. 모용혜와 나란히 걷고 있으면 그렇게 예쁘고 귀여울 수 없었다.

게다가 그 둘은 아직 아이답게 행동했다.

"누님도 형님의 소식은 모르시나요?"

문득 들려온 홍산의 물음에 모용연은 고개를 끄덕였다. 어느새 홍산의 얼굴에 가득하던 웃음기는 사라져 있었다.

"그래. 그날 편지를 전해주고 떠난 게 마지막이야."

"형님은 엄청나게 대단하신 분인 모양이에요."

어느 거리를 가든지 홍원의 이야기를 하는 사람은 꼭 있었다. 그러니 홍산이 모르려야 모를 수가 없었다.

지금도 사람들이 형에 대해 나누는 대화를 듣고 모용연에게 물은 것이다.

"엄청나게 대단하다는 말로도 모자란 사람이지."

모용연의 대답에 홍산이 고개를 끄덕였다.

"저는 참 나쁜 아이였어요."

홍산의 목소리가 무거웠다. 그 속에 담긴 감정은 진한 후회였다.

홍산의 표정도 더없이 어두워졌다. 신이나 앞에서 폴짝거리는 홍해와 모용혜는 미처 그런 변화를 알아차리지 못했다.

"그게 무슨 말이니?"

홍산의 곁에서 같이 걷던 모용연이 물었다. 홍산이 스스로를 아이라 칭하는 걸 들은 적이 있는가 싶었다.

"형이 처음 돌아왔을 때요."

그날의 일은 홍해에게 들은 적이 있었다. 가족들 이야기를 하면서 얼마나 재잘재잘 말을 잘하던지, 그 모습이 너무 사랑스러웠었다.

　　"형을 굉장히 많이 원망했어요. 우리가 이렇게 힘들게 살고 있는데, 어머니가 굉장히 많이 아프신데… 그렇게 초라한 몰골로 돌아오다니. 어머니는 형만 돌아오면 다 좋아질 거라 말씀하셨는데 말이에요."

　　홍산의 말에 모용연도 자신이 홍원을 처음 만났을 때를 떠올렸다.

　　그는 그냥 산골 마을의 약초꾼이었다.

　　어찌 그리 감쪽같이 자신들을 속인 것인지. 그의 마음속 어딘가에 있는 기이한 기색을 읽고 고집도 부리고 도발도 했었지만, 설마 이런 대단한 고수일 줄이야.

　　"나랑 같구나. 나도 장 공자를 처음 봤을 때는 이토록 대단한 사람인 줄 몰랐으니까."

　　"전 가족이잖아요. 그런데 형의 초라한 모습만 보고 형을 원망했어요. 저런 형은 없는 게 차라리 낫다고요."

　　홍산의 목소리에 습기가 어려 있었다.

　　"난 그때 장 공자의 모습을 보지 않았으니 모르겠다만, 홍해에게 이야기는 들은 적이 있어. 그 이야기대로라면 홍산이 네가 그랬던 건 보통 사람의 지극히 일반적인 반응이야. 그러니 그렇게 자책할 것 없어."

　　모용연이 홍산의 머리를 쓰다듬었다. 그럼에도 홍산의 얼굴은 펴질 줄을 몰랐다.

"내가 아는 장 공자는 가족이 가장 먼저인 사람이야. 네가
아무리 그런 장 공자를 원망했다 한들, 그는 그것을 웃으며 당
연히 생각할 사람이야. 오히려 가족들 모두 귀향할 때까지 무
사히 있어줘서 감사하다고 할 사람이지."

"형님은 그런데… 저는……."

딱!

경쾌한 소리가 홍산의 머리에서 울렸다.

모용연이 쓰다듬던 손을 들어 그대로 후려친 것이다.

갑작스러운 충격에 눈물이 핑 돌았다. 홍산은 양손으로 뒤
통수를 감싸쥐고는 영문을 모르겠다는 얼굴로 모용연을 바라
보았다.

"그러니까, 괜찮다고. 아이는 그러는 게 당연하다고. 너는 지
금 너무 똑똑해서 가끔 까먹나 본데, 저기를 봐."

모용연이 가리킨 곳에는 모용혜와 홍해가 황홀한 표정으로
당과를 먹고 있었다.

"너랑 저 아이들이랑 동갑이야. 같은 나이라고. 똑같은 아이,
꼬맹이. 그런데 속은 애늙은이가 돼서는 그런 쓸데없는 생각만
하고 말이야. 네가 그런 생각을 했던 건 지극히 당연한 일이야,
아이니까. 그리고 네 형은 그런 것 전혀 신경 안 쓸 거라고."

속사포처럼 수많은 말이 모용연의 입에서 쏟아져 나왔다.

"그런데 네가 고작 그런 일로 이렇게 침울해하고 있으면 네
형이 퍽이나 좋아하겠다."

모용연의 말은 그걸로 끝이었다.

그러고는 홍산은 처다도 보지 않고 모용혜와 홍해를 향해 걸어갔다.

홍산은 멍한 얼굴로 그런 모용연의 뒷모습을 바라보았다.

알싸한 통증에 한 손으로 뒤통수를 문질렀다. 무언가 정신이 번쩍 드는 것 같았다.

홍산의 얼굴에서 더 이상 아까 같은 침울함은 없었다.

받아들인 것이다.

홍해의 곁으로 다가간 모용연은 문득 하늘을 올려다보며 그 날을 떠올렸다.

자신이 그때 관오령이라는 싸가지 없는 아이들로부터 홍산과 홍해를 도와주었던 것을, 어쩌면 홍원이 모두 보고 있었을지도 모른다.

그 정도의 고수라면 자신은 물론 사형과 호진백 장로의 감각을 속이고 숨어서 지켜보는 것은 우스운 일이다.

'그래서 그랬던 것인가?'

그랬기에 북면에서 자홍선지초를 구해서 보내준 것이겠지.

그리 생각하자 입가에 절로 미소가 감돌았다.

역시 착하게 사는 것이 복을 받는 길이다. 자신의 그 행동이 자신의 동생을 살렸으니까.

第五章
자갈타

바다 내음이 훅 하고 밀려온다.

항구답게 수많은 사람들이 정신없이 움직이고 있었다. 생기
가 넘쳤고 활기로 가득했다.

정신없이 움직이는 사람들 속에 홍원이 있었다.

부두에는 무수한 배들이 정박해 있었다. 배에 짐을 내리고
싣는 일꾼들은 구슬땀을 흘리며 바쁘게 움직였다.

새까만 피부의 사람도, 색목인도 복잡하게 얽혀 각자의 일에
매진했다.

이곳에서는 홍원이 이방인이었다.

홍원과 같은 외모를 가진 이는 극히 드물었다.

그럴 수밖에 없었다.

중원에서 기나긴 사막을 헤치고 와야지만 도착할 수 있는 땅이니.

그렇게 도착한 곳에서도 최남단이었다.

중원에서 천화국이라 부르는 땅, 그곳 최남단의 항구 이타라였다.

이곳까지 오는 것은 어렵지 않았다.

종현과 한 번 와본 곳이 아니던가.

문제는 이곳에 도착한 이후였다.

"말이 통하지 않으니, 원."

그랬다. 홍원은 천화국의 말을 몰랐다. 지난번에 왔을 때는 종현이 다 알아서 했었다.

그 당시 홍원의 역할은 이곳까지 안전하게 종현을 데리고 오는 것이었다.

천화국어를 사용할 수 있었던 종현이 그 이후의 일을 모두 진행했기에 홍원은 여유롭게 지냈다.

막상 홍원 홀로 이곳에 와서 여정을 이으려고 하니 난감했다.

지금부터 홍원이 가려는 곳은 처음 가보는 곳이었으니.

사강도와 송림이 타고 떠난 배는 분명 이타라 남쪽에 있는 커다란 섬인 자갈타로 향하는 것이었으리라.

수많은 무역선이 들어오는 항구이지만 그들이 탄 배는 여객선이었다.

이타라 항에서 여객선으로 갈 곳은 자갈타 섬 한 곳이다.

홍원도 자갈타가 향신료의 특산지라는 것은 알고 있었다. 지난번에 왔을 때 종현이 군이 자갈타까지 갈 필요가 없다 하여 이곳에서 향신료를 구입했었다.

'그때 자갈타로 갔어야 했나?'

그런 생각이 들었다.

홀로 자갈타로 갈 방법을 찾지 못했기 때문이다.

부두를 아무리 돌아다녀도 여객선으로 보이는 배는 없었다.

난감했다.

그사이 배에서 허기가 몰려왔다.

"오늘은 일단 쉬어야겠군."

오늘 막 이타라에 도착한 참이다.

움직이는 김에 자갈타로 향하는 배를 찾으려 했지만 사실 그렇게 서두를 이유도 없었다.

홍원은 적당한 숙소를 찾았다. 이 땅에서는 여관이라 부르는 곳이었다.

중원의 객잔처럼 일 층에서 식당도 겸했기에 식사를 할 수 있었다.

지난번 종현과 왔을 때 외워둔 음식이 몇 가지 있었기에, 주문을 위해 손짓 발짓을 하는 사태는 피할 수 있었다.

여관은 바빴다.

많은 사람들이 들고 나는 항구 여관의 흔한 모습이었다.

홍원은 가만히 앉아 식사하며 그런 각양각색의 사람들을 바라보았다.

역시 세상은 넓었다.

종현과 왔을 때도 느꼈지만, 유람이라는 생각으로 홀로 이곳에 있으니 느낌이 달랐다.

유독 눈에 띄는 사람이 있었다. 여관의 점원인 듯한 소년이었다.

얼핏 보기에는 홍산보다 서너 살 많아 보였는데, 바쁘게 움직이는 것이 제법 영리해 보였다.

한참을 그렇게 앉아서 사람 구경을 하고 있노라니 점점 자리가 비었다. 식사를 마친 지는 오래였다.

천화국의 차를 하나 시켜 마시며 시간을 보내고 있었다. 독특한 맛의 차였다.

창밖으로는 어느새 어둠이 내려앉았다. 어둠이 깊어질수록 빈자리는 더욱 늘어났고, 이곳의 일꾼들도 여유를 찾았다.

그때쯤 홍원은 그 영리해 보이는 소년을 불렀다.

당연히 말이 통하지 않았지만, 눈치도 빨라 보였기에 홍원은 자신이 원하는 바를 말했다.

"자갈타."

그 한 마디면 충분했다. 홍원은 자신을 가리켰다가 바깥을 가리키며 자갈타라는 말을 반복했다.

소년은 이게 무슨 일인가, 하는 얼굴로 홍원이 하는 양을 보다가 이내 깨달았는지 웃으며 고개를 끄덕였다.

홍원의 손을 잡아끌고 나가려고 문을 열었다가, 어둠이 내린 거리를 보고는 난감한 기색을 보였다.

그러고는 홍원을 보고 손짓 발짓을 하기 시작했다.

유심히 그 행동을 보니 일단 여관에서 자고 내일 아침 일찍 내려오라는 것 같았기에 고개를 끄덕였다.

홍원이 자신의 말을 알아들은 듯하자 소년은 씨익 미소를 지었다.

그렇게 이타라에서의 하룻밤이 지나갔다.

창틈으로 들어오는 햇살에 홍원이 눈을 떴다.

읍성은 점점 쌀쌀해지며 겨울이 다가오는 기색을 느낄 때이건만, 이곳은 달랐다. 여전히 따뜻한 날씨였고, 이른 아침에 해가 떴다.

창을 여니 햇살을 맞은 푸른 바다가 유독 넓게 보였다.

하늘을 노니는 갈매기들의 모습이 눈에 들어왔다.

참으로 이국적인 풍격이었다.

"홍산이 녀석에게 보여주고 싶어지네."

창밖의 풍경을 감상하며 홍원이 중얼거렸다. 바다가 보고 싶다고 하던 동생이었다.

이번 유람을 끝내고 집에 돌아가면 반드시 바다로 데리고 가야겠다는 생각을 했다.

중원의 바다도 좋았지만, 이런 이국적인 바다도 보여주고 싶었다. 부디 자신이 돌아갔을 때, 홍산의 몸이 건강히 단련되었기를 바랐다.

향산을 지나 이곳으로 오는 여정은 아이의 몸으로 버티기에는 쉽지 않을 테니.

홍원은 잠자리를 정리하고 일 층으로 내려가 아침을 주문했다. 예전에 먹었던 노란빛이 도는 멀건 죽과 같은 음식이었다.

그리고 빵이라 부르는 떡과 비슷한 듯하지만 전혀 다른 음식을 함께 먹었다.

무척이나 거친 식감이었으나, 스프라 부르는 죽에 찍어 먹으면 나름 맛있는 식사였다.

그렇게 아침을 먹고 있으니 어젯밤의 소년이 홍원을 발견하고 다가왔다.

소년은 몸짓으로 식사를 마치고 자신을 찾으라 하고는 바쁘게 움직였다.

항구의 아침은 분주하게 시작되고 있었다.

식사를 마치고 채비를 한 후 소년을 찾아가니, 홍원의 손을 이끌고 밖으로 나간다.

복잡한 사람 사이를 요리조리 잘도 피해 다녔다.

소년이 향한 곳은 항구의 한 건물이었다. 그 건물 앞에 정박한 배는 분명 여객선이었다.

"이곳에서 타는 것이었군."

홍원은 위치를 머릿속에 잘 기억해 뒀다.

난생처음 듣는 언어가 홍원의 입에서 나오자 소년은 신기하다는 듯이 바라보며 웃었다.

여관에서 일을 하며 온갖 사람을 만났기에 낯선 언어를 사용하는 손님에 대한 경계심도 없었다.

소년은 친절하게도 홍원이 배에 타는 데 필요한 수속을 알아서 해주었다. 맑고 또랑또랑한 눈을 보니 믿고 맡겨도 될 듯했다.

모든 수속을 마치고 품에서 은을 꺼내 삯을 치렀다.

그리고 소년에게 수고했다는 뜻으로 은 부스러기를 건넸다. 소년의 눈이 이루 말할 수 없을 만큼 커졌다.

은은 이곳에서도 화폐로 쓰인다. 그리고 여관의 점원으로 일하는 소년이 받기에는 너무나 큰돈이었다.

홍원은 아랑곳하지 않고 소년에게 건넸다.

큰 신세를 졌다 생각하기 때문이다. 물론 홍원은 은 부스러기를 건넬 때 주변에 그 모습을 보는 이가 있는지 없는지 유심히 확인했다.

이 아이에게 큰돈이었기에, 혹여 나쁜 마음을 먹은 사람에게 화를 당할 위험도 있었기 때문이다.

그렇게 은밀하게 건네준 은 부스러기를 손에 꽉 쥔 소년은 이게 꿈인지 생시인지 어안이 벙벙한 얼굴이다.

홍원은 웃으며 그런 소년에게 손을 흔들고는 여객선에 올랐다. 언제 출항할지 모를 일이지만, 이곳의 말과 글을 모르니 그저 배에서 기다릴 수밖에 없었다.

사강도와 송림이 탔던 배가 출항하던 걸 봤던 것이 오전이었다. 그러니 그리 오래 기다리지 않아도 될 것이다.

아직 배에는 선원들 말고는 아무도 없었다.

"그래도 내가 너무 빨리 탔나?"

홍원이 머쓱하니 중얼거렸다.

난간에 기대어 먼 바다를 바라보며 하릴없이 시간을 보내고 있자니, 하나둘 사람이 오르기 시작했다.

하늘을 올려다보니 제법 시간이 흘렀다.

"슬슬 출항할 때가 가까워졌나 보군."

홍원은 새로이 배에 탄 사람들을 보며 배 이곳저곳을 둘러보았다.

아까는 선원들만 있어 미처 둘러보지 못했었다.

그렇게 걸음을 옮기는데 등 뒤에서 익숙한 언어가 들렸다.

"형장, 형장."

홍원이 고개를 들렸다.

그곳에는 익숙한 외모의 남자가 있었다. 중원인이었다.

그는 홍원을 무척이나 반갑게 바라보았다. 그리고 또한 신기하게 바라보았다.

아마도 이런 곳에서 자신과 같은 중원인을 만날 줄은 생각지 못한 듯했다.

그것은 홍원도 마찬가지였다.

"오, 역시 중원 사람이 맞았군요!"

그는 환한 얼굴로 웃으며 홍원을 향해 다가왔다.

"이곳까지 오는 것이 보통 힘든 일이 아닌데, 어찌 오시게 된 겁니까? 보아하니 저 같은 장사치도 아니신 듯한데."

홍원에게 다가온 남자는 사교성이 보통이 아니었다. 홍원의 허리에 메인 검을 보고 무림인임을 알아차렸음에도 거리낌이 없었다.

"그저 볼일이 좀 있어서요."

"하하하, 그러시군요. 저는 정영석이라 합니다. 대박을 노리고 사막을 건너온 장사치죠."

"정 행수셨군요."

행수라 하면 상단에서 한 무리의 상행을 이끄는 책임자였다. 배에 홀로 있는 그였지만, 예를 차려 그리 부른 것이다.

"행수라니요, 당치도 않습니다. 그저 등짐 하나 메고 세상을 떠도는 장사치인 걸요."

그럼에도 그는 싱글벙글 웃고 있었다. 그러고는 홍원을 빤히 바라보고 있었다.

"홍원이라 합니다."

"홍 소협이시군요."

성을 빼고 말했더니 그리 되어버렸다. 홍원은 굳이 고쳐줄 생각을 하지 않았다.

어차피 스치듯 지나갈 인연 아닌가.

그렇게 정영석은 홍원 곁에 찰싹 붙어서 온갖 이야기를 쏟아내기 시작했다.

그는 정말로 말이 많았다.

무수히 하는 이야기 중 종현의 이야기도 나왔다.

"그러니까 서희상단이라는 곳은 대체 어떤 곳이길래 향신료를 그런 말도 안 되는 가격에 공급하나, 이거죠. 궁금해서 미칠 것 같았습니다. 대륙의 향신료 시장의 판도를 바꾼 일이니까요."

홍원은 잠자코 듣고만 있었다.

"그래서 원산지에 한번 가보자! 하고 마음먹고 이곳까지 왔습니다. 이곳 이타라에서 서희상단과 거래하는 곳들도 찾아냈고요. 그리고 이 배를 타고 자갈타로 가면 더 싼 가격에 향신료를 구할 수 있다는 이야기를 듣고 탔지요."

그의 얼굴에는 뿌듯함이 가득했다.

"고생이 이만저만이 아니었겠습니다."

"그러니까요. 홍 형님께서도 겪으셨겠지만… 그 사막이라는 것이 보통 험난한 곳입니까?"

어느새 홍 소협에서 홍 형님으로 바뀌어 있었다. 정영석은 이제 스물다섯이라 했다. 이 젊은 나이에 이곳까지 온 것이나, 홍원에게 보여주는 친화력이나, 여러모로 보통 인물은 아니었다.

"그곳을 지나서 천화국에 들어온 후에 남으로 남으로 내려오면서 깨달았습니다. 서희상단은 이 길로 온 게 아니구나. 사막을 통했다면 절대 그 가격을 받을 수는 없어요. 완전 미친 가격이라구요. 무슨 마법을 부린 게 아니라면 말이죠."

영석은 무척이나 흥분해 있었다.

"이타라에서 그들이 거래하는 상회를 확인하고… 완전 절망했습니다. 저한테는 불가능한 일이라서요. 그래도 여기까지 온 거 그동안 사용한 여비라도 벌자는 생각에 천화국 향신료의 원산지이자 최대 생산지라는 자갈타로 가보자 한 거죠."

그렇게 영석의 사연이 끝이 났다. 볼일이 있어서 간다는 간단명료한 홍원의 말에 비해 얼마나 길게 이어진 것인지.

그때 선원이 무어라 큰 소리로 외쳤다.

"응? 곧 비구름이 올 것 같다고 선실로 들어가라고 하는군요."

영석의 말에 홍원은 살짝 놀란 얼굴로 그를 보았다.

"천화국의 말을 할 줄 아는 겁니까?"

"예? 아, 예. 그리고 말 편하게 하십시오, 형님."

홍 형님에서 형님으로 바뀌었다. 정말이지 저런 사교성에 친화력이라면 상인으로 타고난 듯했다.

이문에만 밝다면 상인이 천직처럼 보이는 사람이었다.

"천화국으로 온 게 처음이라고 했던 것 같은데?"

그가 바라니 홍원은 편하게 물었다.

듣다 지칠 만큼 길고 긴 이야기였지만 그래도 그가 한 이야기 대부분은 기억하고 있었다.

기억력이 좋은 탓이다.

"아, 그렇죠. 처음 사막을 건너 천화국 국경에 도착했을 때는 아무 말도 못 했죠. 그런데 이 사람, 저 사람 붙잡고 이야기하면서 다니다 보니, 자연스레 들리더라고요. 귀가 트이니 입이 트이고, 말을 할 줄 알게 되니 혹여 거래에 도움이 될까 해서 이곳 문자도 익혔습니다."

홍원은 그런 영석을 멍하니 바라보았다.

말도 안 되는 재능을 가졌다는 생각이 들었다. 단순히 말만 많은 게 아니었다.

낚싯대를 드리우고 멍하니 물 위를 바라보았다. 세찬 파도에 낚싯줄이 이리저리 흔들린다.

가만히 보고 있노라면 시간이 절로 흘러갔다.

한참을 앉아 있었건만 아무런 기미가 보이지 않았다. 가뜩이
나 바닷물에 젖어 위험한 갯바위에 앉아 있건만.

툭, 투툭.

바닷물 위로 작은 파문들이 여기저기 번지기 시작했다.

"응?"

하늘을 올려다보니 어느새 껌껌하게 변해 있었다. 잔뜩 몰려
온 먹구름이 물방울을 떨어뜨리기 시작한 것이다.

"비까지 오면 낚시하기 힘들겠는데요?"

가만히 자신의 낚싯줄을 바라보던 송림이 말했다.

"그러게."

사강도 역시 고개를 저었다.

오늘은 아무래도 날이 아닌 듯했다. 비바람이 몰아치며 파도
가 거세지기 전에 돌아가야 할 듯했다.

"어제 본 손맛은 죽였는데 말이죠."

송림이 낚싯대를 걷어내며 아쉽다는 듯 말했다.

"난 그 손맛 못 봤네."

사강도는 무언가 불만이 가득했다.

먼 하늘의 구름은 더욱 새까만 것이 한동안 세차게 내릴 것
같았다.

"우리가 이 먼 이국땅에 낚시하러 온 것도 아닌데, 겨우 그걸
로 그리 꽁해 있으시면 어떻게 합니까?"

송림이 빙그레 웃으며 바위섬 한 곳에 단단히 매어둔 작은

배로 향했다.

전날 이곳에서 송림이 낚은 월척에 빈정이 상한 사강도였다. 송림이 자랑을 좀 심하게 하기는 했었다.

거기에 사강도는 어제도 빈손이었고.

자갈타 본 섬에서 아주 조금 떨어진 바위섬 갯바위였다.

이곳에 나름 수확이 좋아 두 사람이 자주 오는 낚시터였다.

중원의 강가나 호수에서 하던 낚시와는 그 맛이 다른 바다 낚시였다.

두 사람은 금세 낚시에 재미를 붙여, 그걸로 세월을 보내는 중이었다.

중원에서 어서 빨리 자신들을 잊기를 바라면서 말이다.

덕분에 현재 홍원으로 인해 불어닥친 중원의 변화와 풍운의 바람을 전혀 모르고 있었다.

남면에서 종현에게 빼앗은 금으로 이곳에서 남부럽지 않게 살고 있었다.

그래도 보낸 세월이 있는지라, 가지고 온 돈의 삼분지 일 정도는 사용한 참이다.

두 사람은 배에 올라 노를 저었다.

사강도는 여전히 불만에 가득 찬 얼굴로 하늘만 노려보고 있었다.

"날씨가 더 나빠질 거 같은데, 오늘 배가 무사히 들어올까요?"

노를 젓는 송림의 말에도 대꾸를 하지 않았다.

"거참, 이틀에 한 번 들어오는 배가 들어와야지요. 여객선이라고는 해도 이것저것 싣고 오는 게 많으니. 화물선은 칠팔 일에 한 번만 들어오니까요."

"뭐, 못 들어오면 이틀 더 기다리면 될 일이지."

사강도의 대꾸에 송림은 그저 헛웃음을 흘렸다. 어제 자신이 너무 심하게 놀렸나 하는 생각이 들었다.

하지만 그런 재미라도 없으면 이곳 자갈타에서의 생활은 너무 지루했다.

사강도와 함께하는 낚시가 아니었다면, 아마 낚시에도 재미를 붙이지 못했으리라.

파도가 점점 더 거칠어지고 있었지만 송림은 능숙하게 배를 몰았다.

내공까지 사용해서 노를 저었기에 작은 배는 무사히 해변에 닿을 수 있었다.

파도에 휩쓸리기 않게 뭍으로 배를 올린 후 말뚝에 단단히 묶어두었다.

두 사람은 휘적휘적 걸어갔다.

해변에서 멀지 않은 곳에 집을 마련한 터였다.

그렇게 두 사람의 낚시를 방해한 비구름은 서서히 북상해, 홍원이 탄 배를 덮쳤다.

큰 배였으나 비바람에 심하게 요동을 치기 시작했다.

"으악!"

영석은 크게 흔들리는 배에 비명을 지르며 난간을 잡고 버텼다.

홍원의 안색도 좋지는 않았다.

두 사람 모두 바다로 나온 배를 탄 것은 처음이었다. 게다가 풍랑을 만났으니.

홍원은 내공을 끌어 올려 어느 정도 버텼으나 영석은 아니었다. 그의 얼굴은 이미 새하얗게 질려 있었다.

평온한 항해에서는 괜찮았으나, 배가 흔들리기 시작하면서 멀미를 시작한 것이다.

홍원 역시 속이 과히 좋지는 않았다.

'이것 참……'

내부에서 이는 변화와 기분 나쁜 감각에 홍원은 살짝 당황했다.

자신 정도의 경지에 이른 무인이 이 정도도 통제 못 한다는 사실에 기인한 것이다.

홍원은 심호흡을 하며 천선심법을 운용했다.

평소에 자연스레 운용되는 것으로는 진정이 되지 않았기에, 의식적으로 심법에 집중했다.

과연 심법의 공능은 대단했다.

천천히 몸이 안정되고 있었다. 그러나 영석의 상태는 점점 더 심해졌다.

새하얗게 질린 얼굴에 드디어 헛구역질을 하기 시작한 것이다. 조금만 더 시간이 지나면 오늘 아침으로 그가 먹은 음식을 확인하게 될 판이었다.

홍원이 영석의 등에 손바닥을 대고는 내공을 흘려 넣었다.

영석은 홍원의 손으로부터 시작된 따뜻한 기운이 속을 어루만져 주자 조금씩 혈색이 돌아왔다.

"고, 고맙습니다, 형님."

무림인이 어떤 이들인지 알고 있는 영석이었다. 홍원이 자신에게 무슨 일을 해줬는지 짐작하고는 감사의 인사를 건넨 것이다.

선장과 선원들은 이 정도 풍랑을 겪은 경험이 자주 있었던 것인지, 심하게 흔들리는 배를 절묘하게 제어를 하면서 항해를 계속했다.

출발과는 달리 무척이나 힘든 여정이었지만, 풍랑을 만나고 한 시진 후에는 자갈타 섬에 도착할 수 있었다.

풍랑 때문에 평소보다 반 시진 정도 늦었다고 했다.

"어, 어어……."

육지에 내리자 영석은 제대로 중심을 잡지 못하고 휘청거리더니 풀썩 쓰러졌다.

땅에 막 발을 디딘 홍원 역시 몸의 중심을 잡는 감각이 달라졌음을 느끼고는 고개를 갸웃거렸다.

감각의 다름을 느꼈을 뿐, 홍원의 몸은 균형 잡힌 그대로였다.

승객들의 하선을 돕던 선원 하나가 그 모습을 신기하다는 듯 보았다. 웃으며 쓰러진 영석을 일으켜 준 선원이었다.

"허. 형님, 참 대단하십니다."

어느새 비바람은 잦아들고 가는 비만 내리고 있었다.

"뭐가?"

"절 도와준 선원 말로는, 제가 쓰러진 것이 육지 멀미라는 것 때문이랍니다. 흔들리는 배에서 단단한 땅에 처음 내려서면 균형 감각이 달라진 채라서 오히려 어지럽게 느끼는 거라는군요."

홍원은 그 말에 자신이 느꼈던 기이한 감각의 정체를 알 수 있었다.

"그런데 형님은 너무 자연스러워서요. 뭐, 그 친구 말로는 배를 오랜 세월 탄 사람이 오히려 심하고 저희같이 처음 탄 사람은 처음에만 살짝 그런다고는 하는데요. 그래도 너무 멀쩡하시니까요."

그 짧은 사이에 그 선원과 그런 많은 대화를 나눴다는 게 오히려 신기했다.

홍원은 현재 자신의 몸을 완벽하게 제어하는 완성된 무인 아니던가.

겨우 그런 걸로 휘청거릴 리 없었다.

'가만, 내가 내 몸을 완벽하게 제어를 하고 있는 것인가?'

문득 화두가 떠올랐다.

당연하게 생각하고 있었던 것이건만, 이번 항해의 경험으로 의문이 생긴 것이다.

배에서 느꼈던 멀미의 작은 증상과 배에서 내릴 때 느낀 기이한 감각.

어쩌면 아직 많이 부족한지도 몰랐다.

"좋군."

홍원이 나직이 중얼거렸다.

"네?"

그 말에 영석이 되물었지만 홍원은 아무 말도 하지 않았다.

머리나 식히자 나선 유람이었건만, 아주 사소한 것에서 단초가 생겨났다.

단초와 화두는 그 답을 찾기 위해 지난하고 어렵고도 괴로운 과정을 거쳐야 하지만, 그 결과가 경지의 상승이었기에 늘 기분이 좋았다.

오히려 스스로에게 던지는 화두가 없을 때 더 답답했다.

거대한 벽 앞에 막혀 아무것도 못 하고 서 있는 기분이었기에.

자갈타의 항구도 시끌벅적했다.

이곳이 가장 번화한 곳인 듯했다.

그럴 수밖에 없는 것이 섬에서 외부로 향하는 유일한 통로인 항구였기 때문이다.

이타라 항과 마찬가지로 온갖 사람들이 바삐 움직이고 있었다.

얼마 전까지 내린 비로 움직이지 못한 것을 보상이라도 받겠다는 양, 더욱 바쁘게 움직이는 사람들이었다.

영석과 홍원은 그런 사람들의 틈을 헤집고 제법 번듯한 여관에 자리를 잡았다.

영석이 앞장서 대화를 하며 방을 잡았기에 홍원으로서는 편했다.

그렇지만 언제까지 영석과 움직일 수는 없는 노릇이었다.

일단 림주와 송림도 찾아야 했다.

먹구름이 지나가니 하늘이 붉게 물들기 시작했다.

어느새 저녁 시간이 된 것이다. 아침에 이타라 항에서 출발했건만, 도착하고 잠시 후에 노을 진 하늘이라니.

그래도 하루 만에 올 수 있는 거리이니 그리 먼 것은 아니었다.

첫날은 아무래도 쉬어야겠다는 생각이 들었다.

홍원은 영석과 저녁 식사를 함께했다. 그동안에도 영석은 쉬지 않고 떠들었다.

홍원에게는 나름 의미가 있었다.

그러면서 그는 천화국의 음식 종류와 풍습에 대해 알게 되었고, 몇 가지 천화국 말도 배울 수 있었다.

그랬기에 홍원은 영석의 말에 적당히 맞장구도 쳐주며 그의 이야기에 집중했다.

그의 경험에서 우러난 이야기는 홍원에게 큰 도움이 되는 간접 경험이기도 했다.

밤이 깊어서야 두 사람은 각자의 방으로 들어갔다.

다음 날 아침.

항구의 바다 내음과 함께 홍원이 두 눈을 떴다.

아직 이른 아침이었다.

홍원은 조용히 방을 나와 일 층에서 간단한 요기를 했다.

영석에게 들었기에 스프의 종류도 고를 수 있었다. 전에는 그저 죽 비슷한 음식이라 생각해서 주는 대로 먹었었다.

취향에 맞춰 종류를 고르니 훨씬 먹기 좋았다.

빵과 스프로 요기를 한 홍원은 여관을 나섰다.

기감을 넓혀보니 영석은 여전히 잠에 빠져 있었다.

'다음에 또 인연이 있으면⋯⋯.'

홍원은 마음속으로만 인사를 남기고 걸음을 옮겼다. 그도 그의 여정이 있을 것이고, 홍원도 홍원의 여정이 있지 않은가.

홍원은 주변을 구경하면서 기감의 범위를 서서히 넓혔다.

림주와 송림을 찾기 위해서였다.

그러나 최대치로 확장한 기감에도 그들의 기척은 없었다.

"역시 항구 주변에는 없나 보군."

홍원의 기감이 자갈타 섬 전체를 덮을 수는 없었다. 결국은 기감을 최대치로 유지한 채 섬 곳곳을 돌아다녀야 할 듯했다.

제법 시간이 걸릴 일이다.

물론 쉬운 방법도 떠올랐으나 고개를 저으며 그 생각을 떨쳤다.

이곳에 홍원과 같은 중원인은 극히 특이한 모양새일 테니, 사람들에게 물어보면 대강이나마 지역을 줄일 수 있을 것이다.

그냥 아무런 단서 없이 자갈타를 돌아다니는 것보다 훨씬 쉬울 것이다.

하지만 그 방법을 사용하려면 천화국 말을 능숙하게 사용할 수 있어야 한다. 어젯밤 영석에게 몇 마디 배운 걸로는 어림도 없는 일이었다.

결국은 천화국 말을 능숙하게 사용하는 영석의 도움을 받아
야 한다는 소리다.

홍원은 조금 전 여관을 조용히 떠난 참이 아니던가.

말에 막혀서 다시 영석을 찾아갈 생각은 없었다.

'시간은 많으니까.'

급한 일도 없었다.

이참에 이국의 섬 풍경을 찬찬히 살피는 것도 나쁘지 않을
것 같았다.

어제 배를 타고 오는 것만으로도 단초를 하나 얻었다.

화두와 단초는 이렇게 생각지도 못한 곳에 숨어 있었다.

여유를 가지고 천천히 새로운 경험을 받아들이다 보면 또
다른 화두가 생길지도 모른다.

그리 생각을 하니 아무래도 좋았다.

홍원은 웃으며 걸음을 옮겼다.

그들이 자갈타 섬에 있기만 한다면, 찾는 것은 시간문제일
뿐이다.

그리 생각하니 급할 것도 답답할 것도 없었다.

시간은 홍원의 편이었다.

"뭐, 길이 엇갈려 그들이 섬을 떠나면 어쩔 수 없는 일이지.
그것이 그들의 복이러니 해야지."

만의 하나의 경우를 중얼거리며 홍원은 인파를 헤치고 나갔
다.

홍원 주변의 사람들은 낯선 언어에 고개를 갸웃거리며 그를

힐끔거렸지만, 그런 시선에 신경을 쓸 홍원이 아니었다.

그저 새로운 문물을 보고 느끼면서, 기감을 한껏 넓힌 채 움직일 뿐이었다.

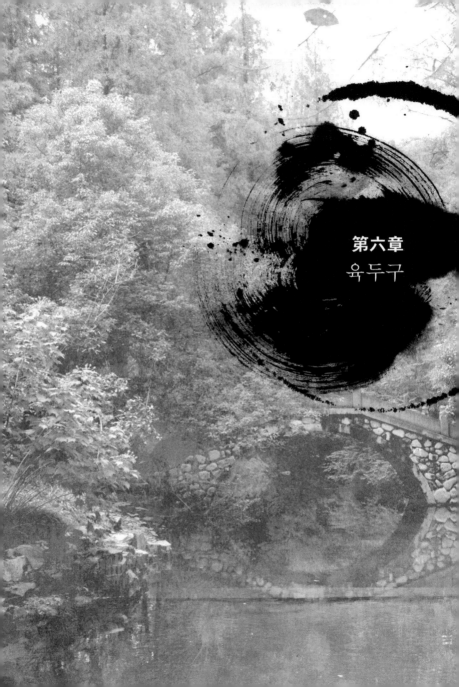

第六章
육두구

　해변 가까이에 작은 마을이 있다. '우라라'라고 부르는 마을
이다.

　자갈타 섬에서도 최남단에 위치한 마을이었다.

　이 마을 사람들은 대부분 향신료 농사를 짓고 있었다. 해변
에서 불어오는 바람을 맞으며 자란 향신료 나무들이 무성히
숲을 이루고 있는 곳이 마을 근처에 있었다.

　육두구 나무였다.

　자갈타 섬에는 이렇게 향신료 나무들이 군집을 이루는 곳이
많았고, 그 근처에는 마을이 있었다.

　나무들을 돌보고 가꾸며 향신료를 수확해 그것으로 먹고사
는 것이다. 특히나 육두구 나무는 천화국에서도 오직 이곳 자

갈타 섬에서만 있었다.

우라라 마을 근처에 작은 집이 있었는데 그곳에는 특이한
사람 둘이 살았다.

머리색은 검은색이었고, 피부는 밝은 편이었다.

자갈타 섬 사람들의 피부는 대부분 갈색이었기에 그들의 피
부는 하얗다는 생각이 들 정도였다.

하지만 가끔 서쪽 너머에서 온다는 파란 눈에 노란 머리를
가진 사람들의 피부가 더욱 밝았다.

그들이 우라라 마을 근처의 빈집에 자리를 잡은 것도 어느
덧 일 년이 다 되어간다.

마을에서 떨어진 데다 오래되어 사는 사람이 없는 그 집을
두 사람이 뚝딱뚝딱 고치더니 아무렇지도 않게 살고 있다.

일을 하는 것 같지도 않았다.

그저 낚싯대를 가지고 배를 타고 바위섬으로 가서 낚시를
하다가 오거나, 가끔씩 춤도 아닌 이상한 동작을 취하며 시간
을 보낼 뿐이다.

처음에 마을 사람 몇몇은 호기심에 기웃거리기도 했지만, 기
본적인 말 이외에는 의사소통도 제대로 되지 않았는지라, 곧
흥미를 잃었다.

가끔 마을 아이들이 근처에 와자지껄 몰려왔다 돌아갈 뿐이
다.

그들은 마을 사람들에게 살갑게 굴지는 않았지만, 아무런 해
도 끼치지 않았기에 그저 그렇게 동거 아닌 동거처럼 어느새

일 년을 보내고 있었다.

가끔 수확한 육두구를 팔러 자갈타 항구에 다녀오는 사람들의 이야기를 들어보면, 마을의 두 사람같이 생긴 사람들은 좀처럼 보이지 않는다 했다.

가끔 노란 머리의 파란 눈을 한 사람들은 보인다고 하는데, 검은 머리에 검은 눈을 한 하얀 피부의 사람은 없다고 했다.

여러모로 수수께끼를 잔뜩 가진 듯한 두 사람이지만, 마을 사람들은 육두구 나무를 돌보는 것만으로도 충분히 바빴다.

그들이 마을에 해코지라도 하려 했다면 마을 사람들이 단단히 뭉쳐 쫓아내려 했을 것이다. 그러나 마을에는 무관심한 채 그들 나름대로 지내고 있을 뿐이다.

"으아아아!"

해가 중천에 뜬 시간에야 사강도가 한껏 기지개를 켜며 집밖으로 나왔다.

주변을 두리번거리니 달라진 것은 없다.

이틀 전 오던 세찬 비가 믿기지 않을 정도로 날씨가 화창하다는 것이 달라진 점이랄까.

"평화로우니 좋구만. 과연 살림의 총단으로 정한 곳다워."

"총단이란 곳에 달랑 두 사람만 있는 게 말이 되는 거요?"

송림이었다.

언제 나타나서는 사강도의 혼잣말을 들은 것이다.

"림주인 내가 있는 곳이 곧 총단이지."

사강도는 송림의 핀잔에도 얼굴색 하나 변하지 않고 답했다.

"오늘도 가야지?"

사강도가 손을 까딱거리며 말했다. 그 모양새가 낚시를 가자는 것이었다.

"어제 손맛 봤으면 오늘은 쉬어도 되지 않아요?"

그랬다.

이틀 전 허탕을 쳤던 사강도는 어제 제법 괜찮은 월척을 세 마리나 낚았다.

"이틀 전에 네가 낚은 거보다 작은 것들뿐이었잖아."

묘한 곳에서 경쟁심을 발휘하고 있었다.

"그럼 오늘은 혼자 다녀오슈. 난 오늘은 수련을 해야 하니."

자갈타 섬에 온 후 노상 시간만 보내는 사강도와 달리 송림은 규칙적으로 무공 수련을 하고 있었다.

기분에 따라 사강도를 대하는 말투가 왔다 갔다 하는 송림인데, 무공 수련을 하는 날이면 유독 까칠하고 싹수가 없었다.

사강도가 느끼기에 그랬다.

"그래? 혼자 가면 재미없는데? 그럼 난 잠이나 더 자야겠다."

그러면서 다시 집으로 들어갔다.

그 모습에 아랑곳하지 않고 송림은 집의 뒷마당으로 걸음을 옮겼다.

마을 사람들이 춤도 아닌 기이한 몸짓이라 평하는 것은 송림이 무공 수련을 하는 모습이었다.

중원에서 무인의 수련을 훔쳐보는 것은 커다란 금기이지만, 이곳의 사람들이 무공이란 것을 알까 싶어 송림은 가끔 자신의 수련을 힐끔거리는 마을 사람들을 무시했다.

"거참, 어디로 가신 거지?"

영석은 난처한 얼굴로 중얼거렸다. 벌써 이틀째 자갈타 항 구석구석을 뒤졌으나 홍원을 찾을 수 없었다.

볼일이 있어 자갈타 섬에 왔다 했으나, 그 볼일이 무엇인지 영석은 몰랐다.

"말도 안 통하시는 분이……."

영석이 안타깝게 중얼거렸다. 그래도 이미 떠난 사람을 어찌 할 것인가.

너무나 오랜만에 만난 중원인이었기에 짧은 시간이나마 정 이 듬뿍 들었는데, 인사도 없이 떠나다니 섭섭한 감정도 있었 다.

서로 부족한 부분을 도울 수도 있었는데 이리 훌쩍 떠나다니.

영석으로서도 자갈타 섬 곳곳을 누비는 것은 좀 부담스러웠 다. 사실 사막을 건너 이타라 항까지 오는 동안에 위험한 경험 을 몇 번이고 했었다.

그래서 배에서 무림인으로 보이는 홍원을 발견하고는 반갑 게 말을 건 것이 아니던가.

"어쩔 수 없군. 뭐, 그래도 자갈타 섬을 떠나려면 다시 이곳 으로 오셔야 할 테니."

자갈타 섬을 함께 움직이려던 영석의 계획은 빗나갔다. 그래 도 이곳 자갈타 항만 하더라도 영석에게는 보물 창고나 다름없었다.

자갈타 섬 전체에서 생산되는 온갖 향신료가 모이는 곳이었
으니.

항구 내에서만 움직이면 위험도 크지 않을 터.

영석은 이곳에서 향신료 공부나 하면서 홍원을 기다려야겠
다고 마음먹었다.

"그런데 식사는 제대로 하시려나 모르겠네. 천화국 말을 제
대로 못하시니……."

영석, 자신도 걱정이었지만 홍원도 걱정이었다.

자신이 간단한 어휘 몇 개 가르쳐 줬다고는 하지만, 그것으
로는 부족하다는 생각이 들었기 때문이다.

가장 중요한 음식에서 상당히 곤란할 거라는 생각이 들자,
더욱 안타까웠다.

영석의 그런 심정을 아는지 모르는지, 홍원은 때로는 빠르
게, 때로는 느리게 움직였다. 기감은 항상 최대로 유지한 상태
였다.

이것이 또 새로운 형태의 수련이 되었다.

시간이 갈수록 기감의 범위가 조금씩 넓어지고, 조금씩 예민
해졌다.

이제 겨우 이틀이라 그 변화는 아주 미미했으나, 홍원은 그
미미한 변화도 느낄 수 있었다.

어느새 점심때가 되었기에 홍원은 식당을 찾았다. 기감으로
제법 큰 마을이 있는 것을 느꼈기에 식사 때에 맞춰 도착하도

록 속도 조절을 했다.

큰 마을이었기에 그래도 제법 번듯한 식당이 한 곳 있었다.

이곳에서도 어제 점심때 먹은 음식을 주문했다.

키라라고 부르는 음식이었다.

노란빛, 초록빛, 갈색빛의 갖가지 빛을 띠는 죽 같은 것이었는데 쌀밥이나 얇고 하얀 떡 같은 것과 함께 먹었다.

온갖 향신료가 들어간 듯 갖가지 향이 피어오르면서 톡 쏘기도 하고 맵기도 하면서 달짝지근하기도 한 맛이 무척이나 신기한 음식이었다.

이곳의 쌀밥은 중원의 것과 달랐다.

얇고 길쭉하면서 찰기가 없이 푸석한 밥이었는데, 키라와 함께 먹으면 아주 잘 어울렸다.

이제 두 번째 먹는 것이지만 홍원은 이 이국의 음식에 아주 만족한 상태였다.

'왜 지난번에 왔을 때는 먹어보지 못했을까?'

종헌이 먹기 편한 음식 위주로 주문을 했기 때문이다.

이 음식은 자갈타 섬의 향토 음식이었기에 이타라 항에는 그 밖에 다른 음식도 많았다.

"비영이 녀석이 먹어봤으면 좋아했겠어."

홍원은 숟가락을 연신 움직이며 문득 친구를 떠올렸다.

숙수인 비영은 이런 특이한 음식을 굉장히 좋아했다. 자신의 요리 영역을 넓힐 수 있는 경험이라 했었다.

다음에 여유가 되면 함께 와보는 것도 좋겠다는 생각이 들었다.

"응?"

계속해서 밥을 먹던 홍원의 표정이 변했다.

속에서 알싸한 기운이 퍼지는데 독 기운이었다.

어제 먹은 것에서는 없었던 기운이다. 어제는 노란빛을 띠는 녀석을 먹었고, 오늘은 갈색빛을 띠는 녀석을 먹었다.

누군가의 습격인가 싶어 주변을 둘러보았으나 너무나 평온했다.

지금도 홍원의 기감은 최대치로 펼쳐진 상태다.

그런 기감을 속이고 홍원에게 독을 푼다? 그런 고수가 과연 이곳에 있을까란 생각을 하던 홍원은 고개를 저었다.

자신이 먹는 것과 같은 음식을 먹은 이곳 마을 사람은 너무나 평온했다.

자신만을 노리고 음식에 무슨 짓을 한 것은 아니었다.

'거참, 독기가 든 음식을 먹다니.'

결국 홍원은 이들이 먹는 음식 자체에 작은 독기가 있고, 이곳 사람들은 그 독기에 영향을 받지 않는가 보다 하고 결론을 내렸다.

지금 홍원의 내부에 퍼지는 알싸한 독기는 마수 고기의 마기에 비하면 애들 장난만도 못한 것이다.

가볍게 내공을 일으켜 독기를 흩어냈다.

그리고 무슨 일이 있었냐는 듯 계속해서 음식을 먹었다.

사실 홍원의 입맛에 상당히 잘 맞는 음식이었기에, 독기는 신경 쓰지 않았다.

하지만 추후 비영과 함께 오거나, 혹여나 동생들과 함께 왔을 때 이런 일이 있으면 큰일일 수 있었다.

홍원은 어느 정도 허기가 가신 후에는 미각에 정신을 집중했다.

전날 먹은 것과 오늘 먹은 것의 차이를 찾기 위해서였다.

분명 맛이 달랐다.

온갖 향신료가 들어가는 음식이니, 식당마다 그들 나름의 향신료 비율이 있을 것이다.

그때, 막 새로이 향신료를 자루에 담아 주방으로 옮기는 모습이 보였다.

자루의 끝이 느슨했는지 입구가 살짝 벌어지며 내용물이 보였다.

"육두구?"

홍원은 그 향신료의 정체를 알 수 있었다.

중원에서는 주로 약재로 쓰는 열매였다. 호두처럼 생겼으나 건위제나 강장제의 재료로 쓰이는 약재다.

중원에서는 나지 않았기에 제법 귀한 약재에 속하는 녀석이다.

이곳에서는 그것을 음식에 넣고 있었다.

지난번 종현과 왔을 때를 떠올려 보았으나 기억에 없었다. 그때 홍원은 종현의 거래에 관심이 없었기에 그 품목을 몰랐다.

그저 향신료만 거래한다는 것을 알 뿐.

사부와 함께 약장수로 떠돌 때, 육두구는 오직 천화국에서만 난다고 배웠었다.

그런 홍원에게 육두구는 약재였지, 향신료가 아니었기에 지금 이 경험은 무척이나 신기했다.

"육두구라면 그럴 수 있지."

육두구는 호두와 비슷한 녀석이라 기름이 제법 많았다. 문제는 그 기름에 독성이 있다는 것이다.

그래서 태워서 기름을 날려 그 독성을 제거하고 약재로 쓴다.

그런데 방금 주방으로 들어가는 자루를 보아하니 이들은 그냥 육두구를 생으로 쓰는 듯했다.

그렇다면 당연히 독성이 있는 채였다.

이곳 사람들은 늘 이렇게 먹어서, 독성에 적응하여 아무 문제가 없는지도 몰랐다.

"어제 먹은 음식에는 육두구가 없었나?"

홍원은 남은 음식을 심각한 얼굴로 바라보며 천천히 먹었다.

그런 모습에 여기저기서 수군거렸으나, 홍원은 그 말을 알아들을 수 없었기에 아랑곳하지 않았다.

"아, 양이 문제군!"

홍원은 혼자서 중얼거리며 고민하고, 혼자서 답을 찾아 탄성을 내뱉었다.

떠돌이 약장수로 지낸 사부와 함께하며 연단을 배우고 의술을 배운 탓일 거다. 그래서 독성에 대한 의문이 생기자 그것을 계속해서 파고든 것이다.

육두구가 독성을 가지고 있다 한들, 소량만 사용하면 거의 없는 것이나 마찬가지였다.

아마도 오늘 들른 이 식당은 향신료의 배합 비율에 육두구의 양이 많은 곳이리라.

모든 의문이 풀리니 음식이 더욱 맛있었다.

홍원은 그릇을 깨끗이 비우고는 셈을 치르고 식당을 나섰다.

식당의 점원은 셈을 치르는 동안 신기한 동물을 보듯이 홍원을 바라보았다.

그 역시 홍원의 그런 행동을 보았기에 나오는 반응이었다.

"육두구라……."

오직 천화국에서만 난다는 육두구다. 거기에 이 섬은 그런 육두구를 음식 재료로 쓰고 있었다.

호기심이 일었다.

기감은 여전히 최대로 유지한 상태다.

어차피 그 둘을 찾기 위해 자갈타 섬 이곳저곳을 돌아다녀야 한다.

이왕이면 호기심도 해결하고 싶었다.

그렇게 홍원은 서툰 천화국 말로 육두구에 대해 묻기 시작했다.

식당 점원이야 시장에서 사오는 것밖에는 몰랐다.

서툰 몇 가지 단어로 거기까지 알아내는데도 한참 걸렸다. 문득 영석이 아쉬웠다.

괜히 혼자 길을 떠났나 하는 후회가 들기도 했지만, 이미 지난 일이다.

홍원은 점원이 알려준 방향으로 갔다.

이곳에 제법 큰 마을이라 그런지 제법 시장다운 시장이 열려 있었다.

거리에 갖가지 물건들을 팔고 있었다.

그중 가장 많은 부분을 차지하고 있는 것은 향신료였다.

"과연, 천화국이야."

홍원은 고개를 끄덕이며 시장을 구경하기 위해 움직였다. 제법 많은 이들이 모여 물건을 사고팔며 흥정을 하고 있었다.

하지만 귀에 들리는 말 대부분을 알아들을 수가 없었다.

그렇게 걸음을 옮기던 홍원이 우뚝 멈춰 섰다.

육두구가 가득 담긴, 사람만 한 자루를 내놓고 장사를 하는 곳을 발견했기 때문이다.

홍원은 서툰 말로 상인에게 육두구에 대해 묻기 시작했다. 손짓 발짓까지 하면서 한참을 대화한 끝에 겨우 자신이 원하는 것을 알아낼 수 있었다.

이런 식의 대화도 자꾸 하니 조금씩 늘었다.

영석이 어떻게 천화국말을 배웠는지 알 수 있을 것 같았다.

'하지만 최소한 몇 년은 살아야 능숙해질 것 같은데?'

몇 달도 안 되어 능숙하게 천화국말을 사용한다니, 영석의 언어에 대한 재능은 놀라운 수준이었다.

"흐음, 남쪽 끝이라……."

상인의 말에 따르면 자갈타 섬에서도 남쪽이 육두구 자생지가 넓게 펼쳐진 최대 생산지라 했다.

홍원 자신이 이해한 것이 맞다면 말이다.

그렇게 홍원은 목적지를 남쪽으로 정했다.

여전히 기감은 최대 범위로 펼쳐진 채였다.

여유롭게 자갈타의 문물을 구경하고, 새로운 음식도 맛보며 움직이는 여정은 나름 즐거웠다.

여행의 즐거움이라는 것을 홍원은 처음 느끼는 것 같았다.

자신이 즐거우니 자연스레 가족과 친구들이 떠올랐다.

언젠가 이 즐거움을 함께하고 싶었다.

그런 여정이 흘러 어느새 홍원은 자갈타의 최남단에 도착했다.

시원한 바다가 보이는 절벽 위였다.

이미 육두구 나무가 숲을 이룬 것으로 보이는 곳도 지난 참이다.

단지, 섬의 끝단을 보고 싶어서 이곳까지 온 것이다.

홍원의 기감은 여전히 최대한의 범위로 펼쳐져 있었다. 처음에 비해 범위가 일 할 정도 늘어난 상태였다.

여전히 두 사람의 기척은 없었다.

사강도와 송림의 입장에서는 다행한 일인지, 마침 홍원이 도착한 날 낚시를 나가 있었다.

배를 타고 갯바위로 이루어진 바위섬까지 나가는지라, 아슬아슬하게 홍원의 기감 범위에서 벗어난 곳이었다.

두 사람은 사신이 찾아온 것도 모르고 열심히 낚시 삼매경에 빠져 있었다.

홍원은 한동안 바다를 구경하다가 몸을 돌렸다.

육두구 숲도 보고, 그 근처에 있는 마을에도 들르기 위해서였다.

'우라라 마을이라고 했지?'

오늘 점심은 그곳에서 해결해야 할 것 같았다.

부지런히 움직여 밥때에 맞게 마을에 도착했다. 작은 시골 마을 같은 분위기의 마을이었다.

마을길을 걸어 식당을 찾으니 금세 눈에 띄었다.

마을 사람들을 대상으로 하는 작은 식당이었다. 홍원은 지체 없이 들어가 키라를 주문했다.

닭고기가 들어간 것이 홍원이 가장 좋아하는 키라였는데 마침 주문이 가능했다.

홍원은 자신의 앞에 놓인 키라를 아주 맛있게 먹었다.

'과연 육두구 생산지답군.'

키라에는 지금까지 먹은 그 어느 것보다도 육두구가 잔뜩 들어가 있었다.

이곳 사람들은 내성이 생겨서 상관없겠지만, 외지인이 먹었다가는 어쩌면 중독이 될지도 모를 양이었다.

물론 홍원에게는 상관없는 일이다.

그렇게 키라의 맛을 음미하며 식사를 하는데, 홍원은 무엇인지 알 수 없는 이질감에 고개를 갸웃거렸다.

"뭐지?"

낮게 새어 나온 목소리.

홍원은 자신이 느끼는 이 묘한 이질감의 정체를 파악하기 위해 애썼다.

어느새 숟가락을 움직이는 속도도 느려져 있었다.

자신을 노리는 살기나 그런 것은 아니었다. 이곳은 너무도 평화로운 작은 마을이었다.

홍원은 잠시 숟가락을 내려놓고 주변을 둘러보았다.

식사 때였지만 이 작은 식당에는 자신을 제외하고는 세 사람 정도의 손님이 더 있을 뿐이었다.

아마도 마을 사람일 것이다.

그들은 각자의 대화와 식사에 집중하고 있었다.

어느 식당에서나 볼 수 있는 풍경이다.

'잠깐.'

두어 번 주변을 둘러봐도 이상한 점을 찾을 수 없었으나 홍원은 금세 멈칫했다.

이상한 점이 없다는 게 이상했다.

홍원은 자갈타 섬에서는 외지인이요, 이방인이었다.

그것도 생김새가 특이한 이방인.

그 탓에 어느 마을을 가든지, 항상 홍원을 힐끔거리며 쳐다보는 시선이 있었다.

그러고 보니 우라라 마을에서는 그런 시선이 없었다.

항상 느껴지던 시선이 사라지니 그것이 묘한 이질감으로 다가온 것이다.

이곳은 자갈타 섬에서도 최남단으로 홍원과 같은 중원인을 볼 일은 거의 없는 곳이다.

그 어느 곳보다 홍원을 신기하게 여겨야 할 사람들이 아무렇지도 않게 홍원에게 관심을 주지 않는다니.

'그렇다는 건 이 마을 사람들은 중원인을 본 적이 있다는 거다. 그것도 제법 자주.'

어쩌다가 한번 보는 정도라면 조금이나마 홍원에게 관심을 가졌을 것이다.

하지만 이런 무관심은 그들이 중원인의 외모에 익숙하다는 반증이었다.

결국 홍원은 이 근처에 중원인이 제법 많이 있었거나, 아니면 제법 오래 머문 소수의 중원인이 있다는 결론을 내렸다.

'왠지 그들일 것 같군.'

어쩌면 상인들일 수도 있고 다른 중원인일 수도 있다.

그런데 홍원은 어쩐지 자신이 찾는 이들이 이 근처에 제법 오래 머물렀을 것이란 생각이 들었다.

그들이 자갈타 섬으로 향하는 것을 본 것도 어느새 일 년이 다 되어간다.

자갈타 섬에 들어온 그들이 이 마을 근처에 정착을 했다면, 마을 사람들의 이런 반응이 수긍이 갔다.

홍원은 서둘러 식사를 마무리하고 식당을 나섰다.

여전히 기감은 최대 범위로 펼쳐진 상태였지만 그들의 기척은 느껴지지 않았다.

"이미 떠난 것인가?"

다른 곳으로 갔을 가능성도 있었다.

이럴 때는 주변에 물어보는 것이 상책이다. 말이 잘 통하지 않지만, 이제 천화국말에 대한 두려움은 없었다.

손짓 발짓 하며 아는 단어를 조합해 말하다 보면 어떻게든 원하는 바는 알아낼 수 있었다.

홍원은 마을의 한구석에서 한창 놀이에 빠져 있는 아이들에게 다가갔다.

아이들 역시 홍원을 보고도 별다른 관심을 두지 않았다.

다른 마을과 비교해 현격히 다른 반응이었다. 다른 마을에서는 온 마을 아이들이 홍원을 구경하러 몰려나온 적도 있었다.

홍원은 아이들에게 한참 동안 서툰 말로 두 사람에 대해 물었다.

온갖 수단을 동원해 마침내 홍원은 그럴 듯한 답을 얻었다.

아이들의 손짓이 마치 낚시를 하는 듯한 행동이었다.

아이들에게 손을 흔들어준 홍원은 다시 해변으로 향했다.

"이곳에서 낚시를 떠났다면 바닷가일 터."

홍원은 기감을 최대한으로 펼친 채 해변을 따라 움직였다.

그러나 여전히 잡히는 것은 없었다.

"흐음."

홍원은 잠시 바닥에 앉아 바다를 바라보았다.

"다른 사람인가? 아니면 바다가 아닌 강을 찾아 낚시를 떠난 건가?"

홍원은 미처 그들이 배를 타고 낚시를 하러 나갔을 가능성을 생각하지 못했다.

낚시에 대한 지식이 없는 게 주된 이유였고, 중원에서 홍원이 본 낚시는 대부분 호수나 강가에서 하는 것이었다.

"뭐, 이 섬 안에만 있다면 어떻게든 찾을 수 있겠지."

소화도 시킬 겸 홍원은 그냥 그렇게 해변에 앉아서 계속 바다를 바라보고 있었다. 시원한 바닷바람을 맞고 있으니 기분도 좋았다.

그 시각.

사강도와 송림은 모처럼 손맛을 제대로 보고 있었다.

월척들이 끊임없이 걸려들고 있었다. 두 사람은 번갈아가며 물고기를 낚아 올리는 데 정신이 없었다.

"이야! 이런 날도 있구만! 으하하하."

사강도가 기분 좋게 웃음을 터뜨렸다.

지금도 묵직한 손맛이 낚싯대를 통해 전해지고 있었다. 미끼를 문 물고기가 어떻게든 살기 위해 온 힘을 다해 몸부림 치고 있었다.

생명을 걸고 도망치려는 물고기의 필사적인 움직임이 낚싯줄과 낚싯대를 거쳐 손바닥에 그대로 전해졌다.

그렇게 전해진 그 느낌을 낚시꾼들은 손맛이라 불렀다.

손맛은 곧 한 생명체의 살기 위한 몸부림이 만들어내는 감각이었다.

그만큼 짜릿했다.

그 진동이 더욱 격렬하고 세찰수록 손을 통해 느껴지는 희열감은 더욱 커졌다.

그래서 낚시꾼들이 월척을 그다지도 찾는 것이다.

더군다나 바닷물고기들의 힘은 강이나 호수의 그것과는 차원이 달랐다.

세찬 파도를 헤치며 살아온 녀석들이라 그런지 최소한 두세배 이상은 강했다.

그런 바닷물고기 월척이 보여주는 손맛은 어느 정도이겠는가.

하루에 한 번 그런 월척을 낚는 것도 힘들었다.

그런데 오늘은 연이어 올라오고 있었다.

천화국으로 온 후 이런 적은 처음이었다.

두 사람은 살수다.

자신의 검이 목표의 생명을 가를 때의 그 감촉은 손에 항상 남아 있었다.

미끼를 문 물고기의 몸부림이 낚싯대를 통해 전해질 때, 그 감각은 은연중 살수 시절의 감각을 일깨워 주곤 했다.

그래서 두 사람은 그렇게 낚시에 빠진 것인지도 모를 일이다.

수련에 매진할 때는 림주의 낚시 제안을 거절하는 송림이지만, 그럼에도 이렇게 정기적으로 낚시를 나오는 것은 아마도 그 감각 때문일 것이다.

사강도는 몰라도, 적어도 송림은 살수로서의 자신의 감각을 잊지 않기 위해 애쓰고 있었다.

마침 송림의 낚싯대에서도 반응이 왔다.

빠르고 능숙한 솜씨로 재빨리 낚싯대를 잡아채니 꿈틀하는 진동이 느껴진다.

그리고 손을 통해 짜릿하게 전해지는 그 손맛.

송림의 입가에 은근한 미소가 어렸다.

"이야! 이번에도 월척이구만."

막 물고기와의 싸움에서 승리해서 물 밖으로 그 녀석을 들어 올린 사강도가 함박웃음을 지었다.

송림은 그러거나 말거나 자신의 낚싯대에 집중했다.

송림에게 자랑하기 위해 물고기를 들어 올리던 사강도는 그 모습을 확인하고는 입을 닫았다.

집중해서 사투를 벌이는데 훼방을 놓지 않는 것이 서로간의 예의였다.

사강도는 그 물고기를 망태기에 넣고는 낚싯대를 정리했다.

오늘은 생각보다 너무 잘 잡혀서 이만 정리는 하는 것이 좋을 것 같았다.

너무 많이 잡았다.

이 정도면 사흘은 먹을 양이다.

먹기 위해 잡는다. 그랬기에 낚시가 물고기와의 사투가 되는 것이다.

살기 위해 먹어야 하고, 먹기 위해 물고기의 생을 빼앗아야 했다.

그런 생각을 하며 뒷정리를 마칠 때쯤, 송림이 물고기를 낚아 올렸다.

오늘의 마지막 수확물이다.

그것을 보는 순간 사강도의 얼굴이 일그러졌다.

오늘 잡은 것 중에서 가장 큰 녀석이었다.

오늘도 사강도가 송림에게 패한 것이다. 송림도 그 사실을 알았다.

그랬기에 아무 말도 않고 그저 씨익 웃을 뿐이다.

그것이 사강도의 기분을 더 나쁘게 할 것임을 알고 있었다. 의도적인 도발이었다.

그럼에도 사강도는 아무 말도 하지 않았다.

패자였기에.

송림도 자신의 자리를 정리했다.

두 사람은 곧 배에 올랐다.

"오늘은 참 별스러운 날이야."

사강도가 자리에 앉으며 말했다.

"그러게 말이오."

"무슨 일로 이렇게 운이 좋은 게지."

"림주는 운이었을지 몰라도 나는 실력이었소."

노를 젓는 송림의 말에 사강도가 얼굴을 꽉 찡그렸으나 이내 고개를 저었다.

"에휴. 말을 말자, 말을."

그렇게 두 사람은 갯바위를 떠나 노를 저어 해변으로 향했다.

자갈타에 도착한 후 가장 운이 좋았던 날의 여운을 최대한 만끽하면서 천천히 집으로 향했다.

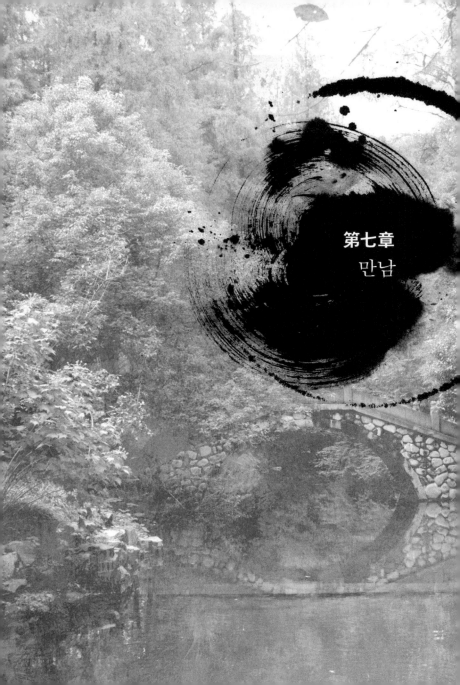

第七章
만남

"응?"

홍원의 표정이 변했다.

가만히 바닷가에 앉아 파도치는 물결을 바라보던 홍원의 기감에 무언가가 걸린 것이다.

분명 그들이었다.

일 년 사이 기도가 조금 변한 것도 같았지만, 림주와 송림이라 확신할 수 있는 기척이었다.

다만 그 기척이 바다에서 느껴지고 있었다.

"배를 타고 나가서 낚시를 했던 것인가?"

그제야 홍원은 자신의 기감으로 그들을 찾지 못한 이유를 알 수 있었다.

홍원은 바닥에서 몸을 일으켰다. 그들이 향하고 있는 방향이 자신이 있는 곳과는 좀 달랐기에 마중을 나가야 할 것 같았다.

그들이 뭍으로 다가오는 속도를 계산해 홍원은 이동을 시작했다.

노를 젓기 시작하고 오래지 않았지만 어느새 해변이 보였다. 내공까지 사용하여 노를 저었기에 배는 쭉쭉 뻗어나갔다.

잠시 후면 도착할 것이다.

한데 노를 젓는 송림의 손이 멈칫했다.

빠르게 나가던 배가 순간 정지한 듯 느릿해졌다.

"왜 그래?"

사강도가 송림을 보며 물었다.

"무언가 불길한 예감이 들었소."

"불길한 예감? 오늘같이 운이 좋은 날에?"

사강도는 말도 안 되는 소리 하지 말라는 얼굴이었다.

"잠깐이지만 어마어마한 기세를 느낀 듯하군요."

그것은 찰나의 순간이었다.

홍원이 몸을 일으키던 그 순간. 아주 찰나에 살짝 기세를 흘렸는데 송림은 그것을 느낀 것이다.

림주 사강도는 느끼지 못했기에 고개만 갸웃거리고 있었다.

송림은 혹시나 하는 마음에 배의 경로를 틀었다.

홍원은 그들의 움직임을 느끼고 있었기에 방향이 바뀐 것

역시 알 수 있었다.

"흐음, 갑자기 방향을 바꿨다라… 혹시 아까 그 순간을 느낀 것인가? 송림은 송림이라 이거로군."

홍원은 신경 써서 기세를 완전히 지운 후 송림이 새로이 나가는 방향으로 움직였다.

송림은 조심스레 주변을 살피며 노를 저었다.

해변에는 아무도 없었다.

'내가 너무 예민했던가?'

무언가 찝찝함이 남아 있었지만 일단 기감을 넓혀봐도 느껴지는 것이 없었기에 배를 해변에 올렸다. 두 사람은 배에서 내린 후 뭍으로 배를 끌어 올렸다.

"오늘은 집에서 너무 먼 곳으로 온 것 아니야?"

"그래봐야 몇 발 된다고 그러슈?"

송림의 말이 맞았다. 그들에게는 큰 의미가 없는 거리였다.

"그렇긴 하지. 어서 가서 이놈들 제대로 회 쳐 먹어보자."

사강도는 오늘 낚은 물고기로 가득 찬 망태기를 보면서 기분 좋은 미소를 지었다.

자박, 자박.

그때 모래를 밟고 오는 소리가 두 사람의 귀에 들렸다.

송림의 몸이 딱딱하게 굳었다.

사강도는 그저 지나가는 마을 사람이려니 하고 여전히 망태기의 물고기들을 어떻게 해 먹을까 한창 생각 중이었다.

"죽림……."

송림이 중얼거린 말을 듣기 전까지만 해도 그랬다.

그러나 그가 방금 들은 이름은 결코 쉬이 넘길 수 없는 이름이었다.

사강도의 고개가 자연스레 자박거린 소리가 들린 곳으로 향했다.

분명 그 자리에 한 사내가 있었다.

절대 잊을 수 없는 얼굴을 한 사내였다.

"죽림, 허."

한탄과 같은 한숨과 함께 송림이 말한 것과 같은 이름을 내뱉었다.

"오랜만이오, 림주."

홍원의 인사에 두 사람의 얼굴은 딱딱하게 굳었다.

래자불선(來者不善).

괜히 있는 말이 아니다.

사강도와 송림은 홍원을 본 순간 그 말이 가장 먼저 떠올랐다.

"애타게 찾을 때는 그림자도 안 보이더니, 세월 지나서 이제야 우릴 찾는 이유가 뭔가?"

사강도는 그래도 살림의 림주였다.

금세 충격에서 회복하고 림주의 위엄을 보이고 있었다. 조금 전 망태기를 보며 희희낙락하던 모습은 사라진 지 오래였다.

"사실 나도 그때 의뢰를 나서면서, 이후로 림주를 다시는 안 보게 되기를 바랐다오."

홍원이 쓴웃음을 지었다.

"그보다 이곳은 어떻게 찾은 거지? 중원에서 이곳까지 이르는 길이 보통 먼 것이 아닌데."

송림이 물었다.

"이타라 항에 올 일이 있었어. 그때 배를 타고 떠나는 송림 자네와 림주를 보았지."

홍원은 대수롭지 않은 일이라는 듯 대답했다.

그 말에 송림의 눈이 가늘게 찌푸려졌다.

이타라 항에서 배를 타고 떠나는 자신들을 보았다니.

"설마……."

그때 기억 한 곳에 있던 그날의 일이 떠올랐다.

막 부두를 출항한 배의 갑판에서 느꼈던 어마어마한 기세.

"그게 너였나?"

"느꼈었나 보군?"

그것은 홍원으로서도 의외였다.

림주와 송림의 모습에 일순 기세를 끌어 올렸던 것은 사실이지만 설마 송림이 그것을 느꼈을 줄은 몰랐다.

자신이 알던 것보다 송림의 실력이 더욱 뛰어나다는 이야기였다.

"네 녀석, 대체 실력을 얼마나 숨기고 있었던 거냐?"

그때 느낀 기세는 송림이 알고 있는 죽림의 실력을 아득히 넘어서는 것이었다.

"피차 마찬가지 같은데?"

홍원은 여전히 웃음을 지은 채였다.

"아직 내 물음에는 답하지 않은 것 같다만."

그때 사강도가 끼어들었다.

형형히 빛나는 그의 두 눈은 살림 림주의 기세를 고스란히 전하고 있었다.

"빚을 받으러 왔소."

"빚?"

홍원의 말에 사강도가 되물었다.

"우리 사이에 그런 것이 있었던가? 의뢰 대금은 제대로 정산을 해줬는데? 아? 신도운악 건인가? 그건 우리도 대금 회수를 못 했다."

빚이라는 말에 사강도는 홍원이 못 받은 의뢰 대금을 찾으러 왔다고 생각했다.

"림주, 감 떨어졌소? 코빼기도 안 보이던 녀석이 겨우 그것 때문에 우리를 찾았겠소?"

송림이 피식 웃으며 핀잔을 줬다.

"우리 사이에 빚을 질 일은 없는 것 같은데?"

송림의 말에 홍원은 고개를 저었다.

"모르고 행한 일이겠지만, 분명 빚이 있지."

홍원의 몸에서 서서히 기세가 피어오르기 시작했다. 지금까지 감춰뒀던 기도였다.

사강도와 송림의 얼굴이 서서히 굳었다. 그 기운의 크기에 압도당하고 있는 것이다.

"그럴 리가?"

사강도였다. 그의 목소리는 살짝 떨렸다. 홍원의 기세에 질린 것이다.

"내가 왜 이타라 항에 왔었다 생각하오? 나도 림주처럼 숭무련을 피해 그곳까지 갔을 거라 생각하오?"

그건 아닐 것이다.

죽림은 정말 꽁꽁 숨어 있었다. 아무리 숭무련이라도 절대 못 찾았으리라.

그렇다면 살수가 그곳까지는 무슨 일로 왔을까?

이타라 항은 상인들이나 향신료 거래를 위해 찾는 곳이다.

그게 아니라면 중원인이 그 멀고 험난한 곳을 찾을 이유가 없다.

'상인?!'

송림의 생각이 거기에서 멈췄다.

그러고 보니 향신료를 구하러 가는 상인과 얽힌 일이 있었다. 그 상인 덕에 자갈타에서 나름 유유자적하게 생활할 수 있는 것이었고.

하지만 아무리 생각해도 그 상인과 죽림의 접점은 없었다.

'가만, 그러고 보니 우리는 죽림의 과거를 전혀 모른다……'

그랬다.

죽림의 과거는 캐낼 수가 없었다. 그들로서도 비밀로 가득한 죽림의 과거였다.

그렇다면 그 상인과 아예 연관이 없다고 할 수도 없으리라.

"서희상단인가?"

송림이 침중한 음성으로 물었다.

홍원은 고개를 끄덕였다.

"역시. 송림 자네의 머리 회전은 여전히 빠르군."

아주 작은 단서만으로도 거기까지 추론을 하다니, 역시 보통 인물이 아니었다.

사강도는 그 말에 어이가 없다는 얼굴이었다.

"서희상단? 남면에서 우리가 털어먹은 그 상단?"

홍원은 재차 고개를 끄덕였다.

"허, 그 상단주 놈. 간이 배 밖으로 나온 것인가? 그때 살려주면서 절대 아무에게도 알리지 말라 했건만. 다음에는 반드시 죽여야겠군."

사강도의 말에 홍원의 기운이 더욱 거칠게 폭사했다.

호흡 곤란을 느낄 정도였다.

"림주, 정말 아무것도 몰라서 그러는 거요? 아니면 이왕 이렇게 된 거 막 나가는 거요?"

"크윽."

사강도는 온몸의 내공을 끌어 올려 홍원의 기세에 저항했다.

그리고 홍원을 보며 씨익 웃었다.

"글쎄? 네놈도 알 거 같은데? 그런데 정말로 궁금하군. 전 재산을 우리가 털었는데 어떻게 네놈에게 의뢰를 했지?"

사강도의 두 눈이 번득였다.

"내 죽마고우였다오. 서희상단의 단주와 그 일행에 있던 표두가 말이오."

홍원은 담담히 말했다.

하지만 그 말은 두 사람에게 절망을 주었다.

"해서 고생을 좀 했지. 그 친구가 재기할 수 있게 돕느라고. 그래서 그 친구와 함께 이타라 항까지 온 거요."

"설마 남면을 통과한 건가?"

그에 송림이 물었다.

그 상인은 남면을 통과하는 상로 개척을 시도하고 있었으니까. 그가 남면으로 오지 않았다면 자신이 그를 강도질할 생각도 하지 않았을 것이다.

홍원은 고개를 끄덕여 대답을 대신했다.

"설마 그게 가능하다고? 그들이 상인을 순순히 보내줬다고?"

홍원의 대답에 송림의 반응이 격렬했다.

인정할 수 없다는 기색이었다.

그 반응에 사강도 역시 고개를 끄덕였다.

"허, 그놈들이 그렇게 순순히 길을 열어줄 리가 없을 텐데……."

자신들도 이번이 처음이자 마지막이라는, 단 한 번의 허락이라는 조건으로 남면을 통과하지 않았던가.

당시를 떠올려 보면 송림은 분명 그들과 인연이 있었다.

그런데도 단 한 번 보내준 길을 상인에게 열어줬다고? 쉬이 믿을 수 없었다.

그리고 송림이 저토록 흥분하는 이유도 짐작할 수 있었다.

'배신감이 크겠군, 끌끌.'

사강도는 속으로 혀를 찼다. 하지만 사강도의 추측은 틀렸다.

"죽림, 똑바로 말해라. 그들이 순순히 너와 상인들을 보내줬다고?"

송림의 몸에서 진득한 살기가 폭사되었다. 분노가 가득한 기운이었다.

"정확히는 나와 상단주, 그렇게 두 사람이지."

"길을 열어줬다는 말이지?"

홍원은 재차 고개를 끄덕였다.

"누구냐?"

밑도 끝도 없는 물음이다.

"누구 때문에 길을 열어준 것이지?"

송림이 사납게 물었다.

암이족의 영역을 통과해 향산을 빠져나갈 무렵.

송림은 사강도가 건넨 말에서 서희상단이 괜히 남면으로 방향을 잡은 게 아닐 거라는 추론을 했었다.

그 상단의 일행에 어쩌면 그놈이 있을지도 모른다는 생각.

아니, 거의 확신이었다.

그렇지 않다면 어찌 변방의 작은 상단이 남면을 통과할 생각을 할까.

자신의 삶을 꼬아버린 그놈이 떠올랐기에 온몸에서 살기가 끓어올랐다.

당장에 알아들을 수 없는 물음이었건만 홍원은 그 의미를 짐작할 수 있었다.

광이족의 마을에서 모든 사연을 들었기 때문이다.

아마도 송림이 찾는 이는 철우일 것이다.

송림의 몫이었던 목령과를 우연히 먹어버린 홍원의 친구 철우.

"이제 그만 과거는 놓아도 될 때가 되지 않았나? 광송후."

홍원의 말에 송림의 몸이 거칠게 떨렸다.

광송후.

얼마 만에 듣는 이름이던가.

양쪽 귀가 아릿하게 아파왔다. 귀의 절반을 잘라내던 그날
이 떠올랐다.

"네놈……."

송림은 상처 입은 맹수가 으르렁거리듯 사나운 음성을 토해
냈다.

사강도는 두 사람을 번갈아 보았다.

송림의 저런 반응으로 보아, 아마도 남면이랑 관련이 있는 이
야기인 듯했다.

"광이족의 마을에 갔던 것이냐?"

송림의 두 눈은 분노로 활활 타오르고 있었다. 홍원은 고개
를 끄덕였다.

"언제까지 과거에 그리 집착할 것이지? 이미 인연이 아니었던
것을."

"네놈이… 네놈이, 무엇을 안다고 그딴 말을 지껄이느냐?"

챙!

송림의 손이 요대에서 연검을 뽑아 들었다.

요사스레 출렁이며 송림의 손에 들려 있었다.

홍원은 그런 송림을 담담히 바라보았다. 과거에 대한 회한과 분노가 엄청난 듯했다.

냉철하기 그지없는 송림이 이렇게 무턱대고 검을 뽑을 정도로 말이다.

"송림!"

사강도가 무거운 목소리로 송림을 불렀다. 그는 지금 분노에 빠져 이성을 잃고 있었다.

늘 냉철하던 송림의 이런 모습이 생소하기는 하였지만, 남면에서의 일을 겪은 사강도는 대강이나마 그 사정을 짐작할 수 있었다.

그러나 송림은 사강도의 목소리가 들리지 않은 듯했다.

여전히 사나운 얼굴로 홍원을 쏘아보고 있었다.

연검은 여전히 요사스러운 몸짓으로 출렁이고 있었다.

무엇이 그리도 사무치는 것일까. 송림은 홍원을 노려보고 있는 눈조차 깜빡이지 않았다.

홍원은 그런 송림의 눈을 피하지 않았다.

단 한 치도 움직이지 않고 그의 눈빛을 담담히 모두 받아냈다.

홍원의 몸에서는 여전히 무거운 기세가 흘러나오고 있었다.

잠시의 대치 후.

서서히 송림의 흥분이 가라앉았다.

그러나 여전히 검극은 홍원을 향해 있었다.

"날 감당할 수 있을까?"

홍원의 물음이다.

"어차피 네놈이 그냥 우리를 찾은 것은 아닐 터."

송림의 두 눈이 날카롭게 빛났다. 그 눈빛 깊은 곳에 가득한 사무침이 아련했다.

"맞는 말이야."

홍원은 그저 이들의 얼굴만 보고 가려고 힘들게 이곳까지 온 것이 아니었다.

천천히 흑운을 뽑았다.

시꺼먼 검신이 두 사람 앞에 그 모습을 드러냈다.

"쯧."

사강도가 혀를 차며 자세를 바로 했다. 그도 어느새 요대에서 연검을 뽑아 들었다.

사강도의 주 무기는 도였다. 얇은 유엽도가 그의 무기였다. 하지만 이곳에는 없었다. 낚시를 가면서 유엽도를 챙길 일은 없었으니.

그나마 비상용으로 항상 착용하고 다니던 연검이라도 있는 게 어디인가.

다만 송림은 본디 검과 연검을 즐겨 사용했다.

빈 몸으로 상대의 방심을 노린 후 허리에서 출수한 연검으로 상대의 목숨을 끊어놓는 것이 그가 주로 사용하는 수법 중 하나였다.

"타핫!"

먼저 움직인 이는 송림이었다.

홍원의 기세가 주는 압박감을 더 이상 버티지 못하고 분위기를 반전하기 위해 움직인 것이다.

홍원이 마주 움직였다.

챙! 채챙! 챙! 챙!

순식간에 수많은 부딪힘이 소리로 울렸다.

송림은 살수다운 쾌검으로 연신 홍원을 공격했고, 홍원은 무덤덤하게 그 공격을 모두 막았다.

정면 대결은 절대적으로 살수에게 불리한 싸움 방법이다. 그럼에도 송림은 정면으로 달려들었다.

그들에게 홍원은 과거가 비밀에 싸여 있지만, 그래도 같은 살수라는 생각이 기저에 깔렸기 때문일까?

홍원에게 정면으로 달려드는 송림의 검에 망설임 따위는 없었다.

"역시 대단하구나, 죽림."

한 치의 틈도 보이지 않는 홍원에게 송림이 말했다.

"별로."

홍원의 당연하다는 듯한 짧은 대답.

솔직히 재수가 없었다. 할 수만 있다면 당장 면상에 주먹이라도 박아 넣고 싶을 만큼.

하지만 홍원은 강했다. 그런 틈이라고는 없었다.

송림의 검이 점점 더 빠르고 격렬하게 움직이며 그 검로를 바꿨다.

홍원 역시 그런 검의 변화를 읽었다.

송림 나름으로는 비장의 한 수였을 것이다. 지금 그가 사용하는 검은 살수의 검이 아니었으니까.

자신의 가슴속에 사무친 한을 외면하고 상대를 처단하기 위해 모처럼 꺼낸 검이었다.

단지 홍원이 그 검의 모든 투로를 알고 있다는 것이 문제였다.

목령회류검(木靈回流劍).

목이문의 비전 절예였다.

목령과의 주인으로 내정되며 사사했던 검법이다.

그 검이 십수 년 만에 다시금 송림의 손에서 펼쳐지고 있었다.

그러나 홍원에게는 아무 소용이 없었다.

목령회류검을 완성에 이르도록 익힌 목형욱조차 홍원의 상대가 되지 못했다.

더군다나 목령회류검의 완성을 위해서라면 필수적으로 필요한 것이 있었다.

바로 천신목의 영기였다.

송림이 그 영기를 얻었을 리는 만무했다. 남면에서도 숲의 길에 들어서야만 얻을 수 있지 않은가.

목령과를 얻지 못했기에 숲의 길에 들지 못하는 송림으로서는 어림도 없는 일이었다.

홍원은 너무나도 쉽게 송림의 검을 쳐냈다. 그 과정에서 흑운은 무유팔절검해의 검로를 따라 움직였다.

송림은 그 검의 변화를 알아보았다.

공방은 쉬지 않고 계속되었으나, 압도적인 홍원의 우세로 진행되었다.

그럴 수밖에 없었다.

송림의 검법은 반쪽짜리였고, 하물며 홍원은 그 반쪽짜리 검의 움직임마저 이미 모두 알고 있었다.

거기에 더해 기본적으로 홍원이 송림에 비해 압도적으로 강했다.

애초에 상대가 안 되는 싸움이었다.

"타핫!"

홍원의 기합성과 함께 강맹한 기운이 송림을 덮쳤다.

송림은 전력을 다해 그 기운을 막았으나 뒤로 주르륵 밀려나는 것까지 막을 수는 없었다.

"크윽."

내부가 뒤집어지며 입으로 핏물이 올라왔다.

송림은 억지로 삼키며 홍원을 바라보았다.

"네놈, 그분과 연관이 있구나."

송림은 이제야 이해할 수 있었다. 죽림이 자신의 사정을 알고 있다는 듯 말한 연유를 말이다.

송림이 광이족의 마을에 있을 때도, 그분은 목이문의 은인으로 신성시되는 존재였다.

자신이 익힌 검법의 완성을 위한 마지막 심득을 얻게끔 도와준 은인.

무유검선 백리평.

그와 연관이 있는 이라면 절대 목이문에서 허투루 대할 리 없었다.

조금 전 홍원이 보여준 검로는 마을에서 보고 들었던 그분의 검로와 흡사했다.

알고는 있되 감히 흉내조차 낼 수 없는 검.

"사부이시지."

홍원이 나직이 답해주었다.

송림은 아득함을 느꼈다. 과연 자신이 상대할 수 있을까? 저런 무서운 기운을 가진 검선의 제자를?

"웃기는군. 검선의 제자씩이나 되는 놈이 살수라니."

송림이 히죽 웃었다.

뒤에서 조용히 둘의 싸움을 지켜보던 사강도는 송림의 말에 대경했다.

검선이라니.

너무 뜬금없이 등장한 이름이었다.

"검선의 제자라니? 죽림이?"

이건 사강도가 끼어들 수밖에 없었다.

송림은 고개를 끄덕였다.

"죽림이 조금 전 보여준 검법은 무유검선의 독문 검법이 틀림없소. 내가 마을에 있을 때 인이 박히도록 보고 들은 거니."

사강도는 그 마을이 어디인지 묻지 않았다. 알 만한 곳이었기에.

"빌어먹을, 검선의 제자씩이나 되는 놈이 뭐가 아쉬워서 은살림에서 살업을 한 거지?"

도저히 이해할 수 없었다.

사강도가 이룬 은살림.

그곳은 그저 살수들의 문파일 뿐이다.

그런 곳에 검선의 제자가 자신의 과거를 숨기고 들어오다니.

최상급의 실력을 가진 살수를 얻었다고 좋아했건만, 결코 좋아할 일이 아니었다.

어쩌면 파국은 죽림을 받아들인 그날, 이미 정해진 것인지도 몰랐다.

홍원은 두 사람의 반응에도 변화가 없었다. 그저 흑운을 내려 든 채 있을 뿐이다.

"킥, 아주 재미있어."

갑자기 흘러나온 송림의 웃음에 사강도는 어이가 없다는 얼굴로 그를 바라보았다.

이 상황에서 저런 모습이라니. 이 녀석이 분노와 공포가 뒤섞여 미쳐 버렸나, 하는 생각이 들 정도였다.

"목령회류검의 마지막 조각의 단서를 알려준 이의 제자라… 그럼 어디 이것도 한번 상대해 보실까?"

송림이 다시 검을 들었다.

그의 기세가 일변했다.

송림의 몸에서 진득한 살기가 스멀스멀 흘러나왔다.

"난 이 녀석을 혈살회류검(血殺回流劍)이라 이름 붙였지."

송림의 몸에서 흘러나온 살기가 주변을 잠식하며 검에 모였다.

새빨간 검강이 연검에 어렸다.

홍원의 눈이 찌푸려졌다. 너무나 기분 나쁜 살기였다.

송림은 홍원의 반응에 아랑곳하지 않고 검을 휘두르며 달려들었다.

익숙했으나 낯선 검로였다.

이전의 검법에 비해 거칠고 잔인했으며, 살기가 넘쳤다.

움직임 자체가 철저히 살육에 맞춰져 있었다.

홍원은 이것과 비슷한 기운을 가진 무공을 하나 알고 있었다.

다만 다른 점이라면 가지고 있는 살기를 이렇게 줄기줄기 흘려내지 않고 철저히 감췄다가 한 점에 터뜨린다는 것이었다.

"수라혈살(修羅血殺)."

은살림의 근간이 되는 무공이다.

은살림의 살수라면 누구나 익혀야 하는 무공.

은살림을 대륙 최고의 살수 집단으로 만들어준 무공이었다.

홍원 역시 익혔다.

다만 그 살기의 폭발이 지나치게 강해 거의 사용하지 않았다.

다른 살수 무공을 주로 사용했다.

홍원 본신의 무공 수준이 그만큼 강했기에 가능한 일이었다.

지금 송림의 검을 보니 지난 세월 동안 그는 목령회류검에 수라혈살을 합쳤다.

"천신목의 영기가 필요한 부분을 수라혈살의 살기로 대신한 것인가?"

홍원이 담담히 중얼거렸다.

송림을 향한 물음이 아닌 혼잣말이었지만 송림은 반응했다.

"과연 눈썰미가 대단해."

송림의 두 눈이 점차 붉게 물들었다. 살기에 점차 취하고 있었다.

"은살림에서 가장 냉철한 살수라는 송림답지 않은 모습이군."

그 성정이 얼음보다도 차갑다는 송림.

그가 선보이는 무공이라고는 믿기지 않는 검법이었다.

"킥, 아직 미완성이니까. 이곳에서 천천히 완성시킨 후에 중원에 돌아갈까 했다만."

한데도 미완성의 검법을 사용하는 이유는 간단했다.

홍원을 상대하기 위해서였다.

무유팔절검해는 살기를 흩어내는 데 독보적인 공능을 보여준다. 하지만 혈살회류검의 살기는 점차 더 진해졌다.

모두 송림이 살업을 통해 키운 살기였다.

살기가 주변을 뒤덮었다.

"큭!"

홍원의 입에서 신음이 흘렀다.

송림의 검에 당한 것이 아니다. 주변을 뒤덮은 살기의 자극에 홍원의 몸이 반응한 것이었다.

아주 작게 남아 있던 살기.

이것이 송림의 살기에 반응하더니, 이윽고 게걸스레 흡수하기 시작했다.

송림의 눈썹이 꿈틀했다.

그도 느낀 것이다. 죽림이 자신의 기운을 흡수하고 있음을 말이다.

"뭐지? 검선의 제자가 흡성공이라도 익혔나?"

흡성공이라고 생각할 수밖에 없는 현상이었다.

"지랄."

홍원의 입에서 거친 말이 터져 나왔다.

겨우 진정시키고 대부분 흩어놓았다 생각했던 살기가 다시금 덩치를 키우고 있었다. 그 단초를 제공한 것이 눈앞의 송림이니 고운 말이 나올 이유가 없었다.

홍원은 싸움이 갑자기 힘들어졌다.

내부의 살기와 싸우면서 외부의 송림과도 싸워야 했다.

사실 송림보다 살기와의 싸움이 더 힘들었다.

천선심법의 분심의 공능으로 어찌 상대를 하고 있지만, 홍원 내부의 살기가 송림의 살기에 호응을 하며 날뛰고 있어 그 위력이 두 배, 세 배로 배가 되고 있었다.

아마도 같은 살업을 기반으로 한 살기이기 때문일까?

홍원 내부의 살기는 다른 때보다 더욱 미쳐서 날뛰었다.

그래서 홍원은 그만 사강도의 기척을 놓쳐 버렸다.

송림과 살기를 동시에 상대하면서, 기감에 대한 집중력이 약해진 탓이다.

사강도는 그런 홍원의 사정을 전혀 몰랐다.

단지, 은살림 림주로서의 경험이 주는 직감이었다.

지금이 기회다.

움직여라.

살수로서의 직감이 그렇게 속삭이고 있었다.

사강도는 송림이 잔뜩 흩뿌려 놓은 살기 속으로 숨어들었다.

수라혈살을 기반으로 한 기운이었기에 그 속으로 녹아드는 데는 아무 문제가 없었다.

'유엽도가 있으면 더 좋았을 것을.'

아무래도 손에 익은 무기가 최고였으니. 아쉬웠으나 어쩔 수 없었다.

지금 죽림을 어떻게든 하지 않으면 자신의 목숨이 위험하다는 생각이 들었으니까.

'수라혈살 때문인가?'

홍원은 미쳐 날뛰는 살기의 정체성에 대해 고민했다.

이전에는 그저 살업(殺業)으로 인한 살기일 것이라 생각했다.

하지만 지금 송림의 혈살회류검의 살기에 이렇게 미친 듯이 반응하며 날뛰는 녀석을 보니, 어쩌면 은살림에 들어가면서 익혔던 수라혈살 때문이 아닌가 하는 생각이 들었다.

예상치 못한 현상으로 인해 제법 귀찮아졌다.

지금 상황은 홍원에게 딱 그 정도였다.

의외의 일로 조금 곤란함을 겪고 있으나, 귀찮을 뿐 해결하는 데는 문제 없었다.

'그래도 근래에 겪었던 일 중 가장 귀찮기는 하군.'

차라리 마황성을 상대하는 것이 조금 더 나았다는 생각이 들었다.

그때는 내부에서 난리 치는 살기만 감당하면 될 일이었지만, 지금은 안팎의 살기가 서로 어우러져 날뛰고 있었다.

그나마 다행스러운 일은 대부분의 살기를 해소하고 이곳을 찾았다는 것이었다.

　만약 마황성과 싸울 때만큼의 살기가 내재해 있었다면, 그리고 그때만큼 내공의 소모가 극심했다면, 귀찮은 것이 아니라 위험할 뻔했다.

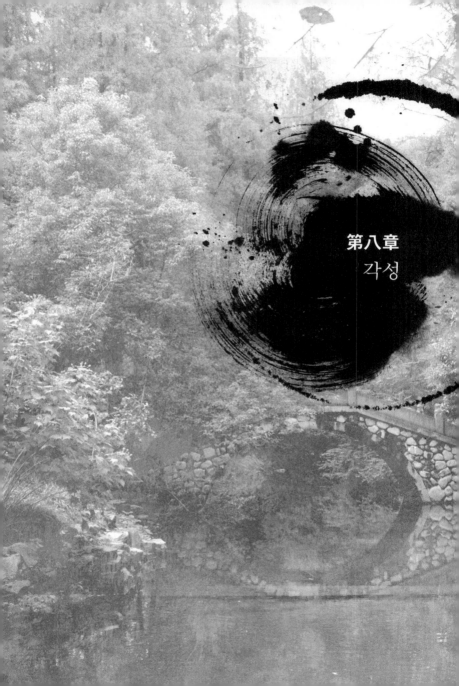

第八章
각성

밖에서는 송림이, 안에서는 살기가 홍원을 귀찮게 하고 있었다.

광이족 마을의 인연 때문에 잠시 손속을 섞은 것이 의외의 일을 만들어 버린 것이다.

'흐음.'

두 가지 중 더 귀찮은 쪽은 내부였다.

점점 기세를 키우며 영역을 넓히려는 살기를 상대하는 것이 홍원에게는 조금 더 비중이 있는 일이었다.

어느새 송림의 검을 기계적으로 쳐내기 시작했다.

송림이 아무리 달려들어도 그 공격을 막기만 할 뿐 반격을 하지 않았다.

송림도 그런 변화를 느끼고 있었다.

"네놈, 나를 무시하는 게냐?"

송림의 목소리에 분노가 어렸다.

일족과 사문을 버리고 뛰쳐나와, 자신의 모든 것을 바쳐 완성한 검법이었다.

그저 천신목 타령만 하는 노친네들을 비웃으며 완성한 혈살회류검이다.

언젠가 이 검으로 당당히 목이문의 태상문주를 무릎 꿇리겠다는 원대한 목표도 있었다.

자갈타에서도 수련을 멈추지 않는 이유가 그것이었다.

한데 죽림은 자신의 그런 검을 철저히 무시하고 있었다.

검을 섞으면 알 수 있었다. 지금 죽림의 신경은 온통 다른 곳에 가 있었다.

무시도 이런 무시가 없었다.

홍원은 송림의 반응 따위에 신경을 쓰지 않았다. 지금 그가 어떤 심리 상태인지 따위에 하등 관심도 없었다.

홍원의 관심은 온전히 살기에 쏠려 있었다.

정확히는 살기의 근원이었다.

송림이 일으킨 수라혈살에 반응해서 급속도로 영역을 확장하는 살기였다.

'분명 수라혈살과 관련이 있다.'

살기의 근원을 좀 더 깊게 파헤쳐야 했다.

지금까지는 그저 자신이 살업을 행하면서 몸에서 일으킨 살기 때문이라 생각했었다.

하지만 수라혈살과의 격렬한 반응을 보니 그것이 아니었던 모양이다.

'근원의 한 점. 맹아가 있다.'

그것이 계속해서 자라는 것이다.

아주 작은 싹. 홍원이 아무리 애를 써도 제거되지 않던 살기였다.

그 정체를 파악하기 위해 홍원은 살기에 집중했다.

이윽고 주변을 잠식하고 있는 송림의 살기마저 모두 홍원의 감각하에 놓여졌다.

그 순간.

은밀하고도 맹렬하게 홍원을 향해 날아오는 검.

살기 속에 숨은 사강도였다.

그는 한발 늦었다.

살기 속에 숨어드는 찰나는 무척이나 절묘했다. 마침 홍원이 그의 기척을 잠시 놓쳤을 때였으니까.

하지만 지금은 아니었다.

홍원이 살기에 집중하면서, 주변의 모든 살기들을 자신의 감각하에 놓았다.

사강도의 움직임마저 모두 느끼고 있음은 당연한 일이다.

그가 조금만 더 빨리 검을 뽑었다면 어쩌면 결과는 아주 조금 달라졌을지도 모른다.

하지만 한 번은 그의 직감이 제대로 된 때를 찾았을지 몰라도 두 번은 그러지 못했다.

푹!

홍원의 검이 더 빨리 움직여 사강도의 심장을 꿰뚫었다.

너무나 허망했다.

"어떻게 이럴 수가……."

"아직 림주의 차례는 아니오만, 너무 성급했소."

무심히 말하는 홍원을 향해 송림의 검이 다시 날아들었다. 홍원은 여전히 귀찮다는 듯 기계적으로 그 검을 쳐냈다.

그런 홍원을 바라보는 사강도의 두 눈이 잘게 떨렸다.

이렇게 허무하게 죽음을 맞게 되는 것이 너무나 억울한 눈이었다.

하지만 홍원은 그에게 더 이상의 시간을 할애할 이유가 없었다.

쿵.

비틀거리던 사강도가 힘없이 바닥에 쓰러지며 그 생을 다했지만, 홍원도 송림도 그에게 시선을 주지 않았다.

'살기가 또 늘었다.'

방금 홍원이 사강도를 죽임으로써 내부의 살기가 늘어났다.

하지만 그 정도는 그리 크지 않았다. 오히려 수라혈살에 반응하여 증폭하는 살기의 양이 훨씬 많았다.

지금 홍원이 파악한 살기의 성격은 두 가지였다.

홍원이 살업을 행할 때마다 늘어났다.

송림의 수라혈살에 반응해서 격렬히 증폭하며 세를 불린다.

홍원은 내면의 의식 속으로 침잠해 들어갔다.

두 개로 나누었던 또 다른 의식은 여전히 송림을 상대하고 있었다.

내면의 의식 속에서 홍원은 다시 한 번 자신을 마주했다.

그는 섬뜩한 미소를 지으며 홍원을 바라보고 있었다.

그뿐이었다.

홍원을 향해 공격하거나 달려들지 않았다.

그도 알고 있는 것이다. 지금은 홍원의 상대가 되지 않음을.

그저 거대한 도를 든 채로 그 자리에 꼿꼿이 서 있었다.

홍원은 그런 그를 가만히 살폈다.

그 근원을 샅샅이 헤집었다.

살기.

놈이 짓고 있는 웃음은 비웃음이었다.

네가 나를 어찌할 수 있겠냐는 모습이다.

자신을 다시 한 번 한없이 작게 만들 수는 있겠지만 없앨 수는 없을 것이라는 자신만만함이 보였다.

그러면 자신은 다시 이렇게 찾아올 것이라는 모습.

그 모습에 홍원은 아주 오랫동안 잊고 있었던 무공을 일으켰다. 살기의 근원을 파악하기 위해서였다.

수라혈살.

은살림에 들면서 반드시 배워야 했던 살공. 배우기만 하고 거의 사용하지 않았던 무공.

그 기운을 끌어 올리자 놈이 움찔했다.

지금까지의 자신만만함과는 달랐다.

사나운 표정으로 이를 드러냈다.

놈은 홍원을 극도로 경계하는 듯했다.

'혹시······?'

홍원은 문득 조금 전 자신의 내부에 있던 살기가 송림이 흩뿌린 살기를 게걸스레 먹어치웠던 것을 떠올렸다.

살기가 살기를 흡수한다.

송림이 흡성공이라 착각했던 그것.

홍원은 손을 뻗어 수라혈살을 운용하며 놈을 끌어당겼다.

손끝에서 뻗어나간 살기는 거미줄처럼 놈을 옭아매려 했다. 놈은 거칠게 도를 휘두르며 저항했지만 소용없었다.

살기와 살기였기에 서로를 끌어당겼다.

무유팔절검해에도 꿈쩍도 하지 않던 마지막 한 조각이었건만, 수라혈살에는 너무나 쉽게 반응했다.

거미줄과 같은 살기가 놈을 옭아매고 흡수하기 시작했다.

놈은 겁에 질려 몸부림을 쳤지만 홍원은 아랑곳하지 않았다. 홍원은 내면에서 다시 한 번 깊은 명상에 빠져들었다.

'내가 나를 흡수한다? 이미 나의 자의식 속인데?'

말도 안 되는 일이 일어나고 있었다.

자의식 속의 자신에게 또 다른 자의식이 있다? 그러면 그 속에 또 다른 자의식이 있을 수도 있었다.

너무나 복잡하고 끝을 알 수 없는 가정이다.

'그러면 저건 도대체 뭐지?'

강렬한 의문을 가지는 순간 머리 한쪽에서 쾅, 하는 폭발음
이 들리는 듯했다.

그와 동시에 노도와 같이 몰려드는 장면들.

그것은 꿈이었다.

숭무련주를 잡기 위해 측간 똥통 속에서 꾸었던 꿈.

그것이 다시 한 번 노도와 같이 밀어닥쳤다.

그러면서 미처 기억하지 못했던 장면들이 스쳐 지나갔다. 너
무나 빠른 속도였기에 모든 것을 보지는 못했다.

하지만 적어도 지금 필요한 장면만은 보았다.

분노에 가득 차 천선과 수라혈살을 합치는 자신의 모습이
그곳에 있었다.

수라혈살을 그렇게 이용한 것은 송림만이 아니었던 것이
다.

꿈속의 자신은 단지 패도만을 추구한 것이 아니었다.

그 속에는 지독한 살기가 있었다.

'왜?'

강렬한 의문이 들었지만 그에 대한 답은 찾을 수 없었다.

어느새 꿈은 천선문을 깨부수는 장면이었다.

달랐다.

수라혈살의 존재를 알고서 다시 보니 그것은 그저 패도적인

것만이 아니었다.

극도의 분노 속에 가득한 살기가 패기와 어울려 휘몰아치고 있었다.

그야말로 괴물이었다.

홍원이 두 눈을 번쩍 떴다.

살기는 어느새 사라졌다.

모두 흡수한 것이다.

하지만 여전히 존재하고 있었다. 내면 의식 속에 또 다른 의식과 같이 존재했던 살기를 홍원의 의식 속으로 흡수한 것이다.

심상의 도 또한 그렇게 속으로 품었다.

아직 갈 길이 멀었다.

한시라도 빨리 이 모든 것을 정리하고 싶었다.

눈앞의 벽을 다시 한 번 깰 때가 온 것을 직감했다.

이제 홍원에게 있어 송림은 그저 귀찮은 날 파리 정도의 존재가 되어버렸다.

하지만 그렇게 처리할 수는 없었다.

홍원은 광명도의 부탁을 떠올렸다.

"그 아이를 한 번만 살려주게나. 태상문주께서 문과 일족과의 연을 완전히 끊은 아이이네만… 그래도 사사로이 보면 내 종손(從孫)이라네. 난 도무지 그 연을 끊을 수가 없네. 조카 녀석은 칼같이 자른 모양이네만."

그의 목소리가 지금도 귓전에 울리는 듯했다.

송림을 마주했을 때 가장 먼저 환청처럼 들린 목소리였다.

'촌장님, 그 한이 얼마나 컸기에…….'

광명도의 그 절절한 진심이 송림을 만나는 순간 홍원의 귀에 울린 것이다.

부탁을 받을 당시에는 확답을 하지 않았다. 하지만 그동안 목이문과 광이족과의 인연을 생각하면 칼같이 자를 수가 없었다.

거기에 귀에 울리고 머릿속에 떠오른 광명도의 그 얼굴, 그 표정까지…….

그 때문에 이렇게 송림과 어울려 준 것이다.

이제 이 정도면 충분하다 싶었다.

더 이상 광명도의 목소리도 들리지 않았다.

때마침 송림의 검이 홍원의 미간을 향해 날아왔다. 여전히 새빨간 검강이 빛나고 있었다.

서걱.

간단한 휘두름에 검강 채로 검을 잘라 버렸다.

"이 무슨?!"

이번 역시 기계적인 반응을 예상한 것일까? 전혀 다른 대응에 송림은 당황했다.

하지만 그의 놀람은 거기에서 끝이 아니었다.

화끈한 통증이 배에서 올라와 온몸을 지배했다.

"커헉."

홍원은 한 치의 망설임도 없이 송림의 단전을 뚫어버렸다.

"이… 이게 무슨……."

너무나 갑작스러운 변화. 그리고 이어진 허무한 결말.

송림은 화가 치밀어 올랐다. 죽림이 자신을 가지고 놀았다는 생각만이 머릿속에 가득했다.

막 무어라 외치려는 순간, 홍원이 빨랐다.

"광명도 촌장님의 부탁이다. 네놈 목숨만은 한 번은 살려달라는. 두 번은 없다."

홍원은 모든 볼일을 보았다는 듯 몸을 돌렸다.

지금 홍원에게 급한 것은 다른 것이었으니…….

홍원이 떠난 자리에 단전이 파괴된 송림이 허망한 얼굴로 무릎을 꿇고 있었고, 사강도는 눈도 감지 못한 채 죽어 있었다.

은살림 최후의 두 살수의 마지막이라기에는 너무나 허무했다. 그들은 무엇을 위해 이곳까지 온 것일까.

홍원은 빠르게 움직여 인적이 없는 곳을 찾았다.

사방이 뻥 뚫린 해변이었지만 상관없었다. 이곳에 자신에게 해를 끼칠 존재는 없었으니까.

송림이 다시 찾아올 수도 있으나, 단전이 파괴되어 무공을 잃은 그는 몸을 제대로 움직일 만큼 회복하는 데만 많은 시일이 필요할 것이다.

홍원은 곧장 내면으로 빠져들었다.

그곳은 여전히 살기로 요동치고 있었다. 홍원이 일으킨 수라 혈살의 그것이었다.

홍원의 의식은 과거를 향해 달렸다.

산인의 한마디.

"어차피 모두 자네의 것인 것을… 꿈 또한 자네가 꾼 것이니 자네의 것.아닌가. 굳이 그것을 무조건 거부하려 하지 말게나."

그 한마디에서 한 번의 깨달음을 얻었다.

그래서 꿈을 받아들였다. 그렇게 생각했다.

목이문에서 이무기와의 싸움을 복기하면서, 다시 한 번 깨달음이 찾아왔다.

'꿈속의 나도 나고, 지금의 나도 나다. 내가 나를 외면하려 하고 있었어. 그래서 도(刀)를 버리고, 검(劍)을 버리고, 창(槍)에 얽매였다. 천선은 얽매임이 없는 무공임에도. 내가 나에게 얽매여 있었어.'

얽매임을 알았고, 그것을 벗어던졌다 생각했다.

그래서 꿈속의 자신도 받아들였다 생각했다.

아니었다.

그저 병기만 창에서 검으로 바꿨을 뿐이다.

진정 깨달은 것이 아니라, 깨달았다 착각한 것이다.

그랬기에 꿈속의 인격이 불쑥 튀어나오는 것을 문제라 여겼
다.

그랬기에 심상의 도와 살기를 밀어내려 했다.

그것도 결국은 홍원 자신의 것이었다.

꿈속의 자신도 자신이라 받아들였다면, 절대 그런 일이 없었
을 것이다.

결국은 불완전한 것이었다.

자신의 몸을 완전히 제어하고 있는가?

자갈타에 도착하며 얻은 화두였다.

이제는 알았다.

완전히 제어하지 못하고 있었다.

이유는 뻔했다.

내가 나를 받아들이지 않고 있었으니까. 내가 나를 인정하
지 않았으니까.

살기의 근원.

그 근원의 본질은 결국 홍원이었다.

홍원 자신이 만들어낸 살기였으니, 무유팔절검해를 아무리
펼친다 해도 완전히 제거할 수 없었다.

무유팔절검해가 아무리 대단하다 한들, 자신의 존재를 지울
수는 없는 것이었기에.

온갖 상념과 심상이 격렬하게 뒤섞이고 있었다.

홍원의 몸에서 온갖 기운이 쏟아져 나왔다.

무유팔절검해의 기운과 수라혈살의 살기와 심상의 도가 가

진 패기와 향산의 영기와 정기와 마기까지.

온갖 기운의 혼동이 홍원을 중심으로 펼쳐졌다.

하나 홍원은 외부의 그런 변화를 전혀 인지하지 못하고 있었다.

기의 폭풍이 소용돌이치며 세찬 바람을 만들어내고 있었지만 홍원의 내면은 평온하고 잔잔하기 그지없었다.

그것은 넓고 얕은 호수였다.

깊이가 기껏해야 발목까지였다.

이런 곳을 호수라 불러야 할까? 하지만 드넓게 펼쳐진 물의 정원은 호수라고 불러야 할 것만 같았다.

홍원은 그곳에 서 있었다.

한 손에 흑운을 든 채로 끝없이 펼쳐진 물을 바라보았다.

곁에 또 다른 사람이 있었다.

역시 홍원이었다.

그는 도를 들고 있었다.

송림과의 싸움 도중 홍원이 흡수한 살기가 형상화한 홍원과는 달랐다.

들고 있는 병기만 검과 도로 달랐지, 그 이외의 모든 기질은 완벽하게 같았다.

지니고 있는 살기마저도 같았다.

홍원이 수라혈살을 운용하며 인정하게 된 살기.

그것을 함께 나누어 가졌다.

"처음이군."

그가 먼저 입을 열었다.

"뭐가 말이지?"

홍원이 물었다.

"이토록 평화로운 풍경은 말이야. 우리는 늘 살벌했잖아."

그는 뭘 새삼스레 묻느냐는 기색으로 답했다.

"그랬지."

홍원이 고개를 끄덕였다.

"왜 그랬지?"

그가 물었다.

"네가 나를 잡아먹으려 했으니까."

"나 또한 너고, 너 또한 난데?"

이어지는 물음.

"그걸 몰랐다. 아니, 알았다고 생각만 했지 진정으로 알지는 못했지."

그 또한 홍원 자신이었다.

그랬기에 아무리 노력해도 아주 작은 살기는 몸속에 남아 있었던 것이다.

"그런데 너는 왜 날 잡아먹으려 했지?"

홍원이 그에게 물었다.

"네가 나를 거부하니까. 너는 곧 나였기에, 내가 나로서 완전해지려면 결국 너와 함께해야 했지."

그가 답했다.

"왜 처음부터 이렇게 대화하지 않았을까?"

"인정하지 않았으니까. 대화가 이루어지지 않았지."

그의 답에 홍원은 고개를 끄덕였다.

"결국 정해진 것은 하나였어."

홍원의 말에 그가 고개를 끄덕였다.

"너무 먼 길을 돌아왔지."

그의 말에 홍원이 고개를 끄덕였다.

"하지만 신기하군. 단지 꿈을 꾼 것으로 이렇게 내 안에 또 하나의 내가 존재할 수 있다는 것이."

이것만은 아직 홍원이 풀지 못한 의문이었다.

그 말에 그는 피식 웃음을 지었다.

많은 의미를 담고 있는 웃음이었지만, 그는 웃고만 있을 뿐 아무 말도 하지 않았다.

"무언가를 알고 있는 모양이군."

홍원의 말에도 그는 계속 웃음 띤 얼굴로 있을 뿐이었다.

"진실이라 믿는 것이 때로는 사실이 아닐 때도 있는 법이 지."

묘하게 울리는 말이다.

"뭐, 언젠가는 알게 되겠지. 이번 일처럼."

그는 무언가 더 알고 있었지만 알려주지 않을 모양이었다.

이번 일이란 아마도 그것을 말하는 게다.

갑작스레 주마등처럼 다시 한 번 홍원의 머릿속을 훑고 지나 간 꿈의 내용.

결국 그것에 해답이 있었다.

"이제는 시간이 되었어."

급하게 흡수했던 그였기에 온전히 하나가 되기 위한 준비가 필요했다.

그 준비의 과정에서 홍원은 무수한 기운의 폭풍을 만들어낸 것이다.

어느새 기의 폭풍이 잠잠해지고 있었다.

"그래. 온전히 하나가 되어야지. 너는 나의 조각이고 나는 너의 조각이니."

홍원이 그를 보며 말했다.

두 사람은 마주 보고 섰다.

천천히 서로를 향해 걸음을 내디뎠다. 두 사람의 몸이 겹쳐지고 밝은 섬광이 터져 나왔다.

둘이 하나가 되면서 온갖 기운이 그에게서 홍원에게로 전해졌다.

그와 동시에 수많은 기억들이 들어왔다.

그것은 꿈속의 기억이었다.

그는 꿈속의 자신이었다.

어떻게 꿈속의 자신이 자신 안에 자아를 만들었을까? 의문이 들었지만 지금은 그를 받아들일 때다.

온전한 하나가 된 후 그 의문은 천천히 풀면 될 일이다.

수라혈살과 합쳐졌던 천선도 모두 머릿속으로 들어왔다.

그렇게 둘은 하나가 되었다.

눈부신 빛이 사라진 자리에는 오직 홍원만이 서 있었다.

아니, 그가 서 있는 것인지도 몰랐다.

한 손에는 검을, 한 손에는 도를 든 채였다.

짜릿한 기운이 머리끝에서 발끝까지 휘몰아쳤다.

홍원은 천천히 두 눈을 뜨며 의식의 내면에서부터 깨어났다.

맑은 눈빛이 주변을 둘러보았다.

사위는 짙은 어둠에 뒤덮여 있었다.

그사이 있었던 기의 폭풍이 주변을 초토화시켜 놓은 상태였다.

그럼에도 주변에는 아무도 없었다.

감히 이곳으로 접근할 생각을 못 한 것일 게다.

홍원은 내공을 일주천시켰다. 잔잔하고 도도히 흘렀다.

내공의 한 뭉텅이가 떨어져 나갔다.

그리고 백강의 검과 적강의 도가 홍원의 머리 위 허공에 솟아났다.

이전과는 달랐다.

소모되는 내공이 현저하게 줄었다.

몸 안에 섞이지 못하고 겉돌던 단 하나의 기운.

살기를 인정하고 받아들인 것만으로도 모든 것이 자연스러워지고 자유로워졌다.

"좋군."

홍원은 만족스러운 미소를 지었다.

백강과 적강은 금세 사라졌다.

홍원은 몸을 일으켰다.

시간이 얼마나 흘렀는지 알 수 없었다. 알고 싶지도 않았고, 중요하지도 않았다.

마음에 여유가 생겼다.

홍원은 천천히 걸음을 옮겼다. 그가 향하는 곳은 송림과 싸웠던 곳이었다.

송림은 여전히 그곳에 있었다.

상처는 그럭저럭 처리를 한 듯했다.

"두 번은 없다 했으니, 이제 내 목숨을 취하러 왔나?"

홍원을 발견한 송림이 냉소적으로 물었다.

"운명을 개척하겠다며, 파멸로 걸어간 이를 보러 왔다."

홍원이 고개를 저으며 말했다.

"훗, 누구는 살수가 아닌 것처럼 말하는군."

"살업을 즐기지는 않았지."

은살림에서 홍원이 보았던 송림은 살업 그 자체를 즐기는 걸로 보였다.

사실은 수라혈살과 목령회류검을 합치기 위한 과정이었을 것이다.

"네놈이 뭘 안다고?"

그의 목소리에 분노가 어렸지만 발작을 하진 않았다. 그러기에 송림은 너무나 약해져 있었다.

"대강은 광명도 어르신께 들었다."

광명도의 이름이 나오자 송림은 입술을 깨물었.

"광송후."

홍원은 나직이 송림의 본명을 불렀다. 송림은 입술을 더욱 꽉 깨물었다.

핏물이 흘렀다.

"고향으로 돌아가라. 그리고 그곳에서 참회하며 살아. 내가 보냈다고 하면 받아들여 주기는 할 것이다."

"무얼 참회하라는 거지?"

결코 인정하지 못하겠다는 목소리였다.

"네 손에 죽어간 무수한 생명들에 대한 참회지."

"훗, 잘난 척 지껄인다만 네놈은?"

송림의 질문에 홍원은 잠시 하늘을 올려다보았다.

시꺼먼 어둠 속에 무수한 별들이 총총히 빛나고 있었다.

"나는 항상 참회하고 있다. 죽림으로서 죽인 이들에 대한 참회는 없다. 그럴 만한 이들의 생을 취했으니까. 하지만 내 검에 스러진 무수한 생들에 대한 참회는 항상 가슴 깊이 간직하고 있어."

"위선이군."

송림은 같잖다는 얼굴로 한 마디를 내뱉었다.

"돌아가. 그리고 참회해."

홍원은 그 말을 끝으로 몸을 돌렸다.

이제 지친 몸을 누일 곳을 찾아야 했다.

걸음을 옮기며 홍원은 잘한 일이라고 스스로를 다독였다.

종현과 철우에게 해악을 끼친 놈이지만, 그래도 죽이지는 않았으니까.

자신이 수습을 할 수 있었으니까.

그리고 마지막으로 광명도의 부탁이 있었으니까.

목이문에 홍원은 많은 것을 주었지만, 또한 많은 것을 받았다.

첫 환골탈태 또한 목이문에서 이루지 않았던가.

그리고 광명도의 부탁을 들어주면서 골치 썩이던 문제를 결국 해결해 냈다.

그의 부탁을 무시하고 송림을 만나자마자 단칼에 그를 베었다면 결코 있을 수 없는 일이었다.

송림과 림주를 일 검에 베는 것은 쉽고도 간단했다.

하지만 광명도의 그 목소리가 그것을 막았고, 그의 부탁을 들어주려 한 덕분에 또 하나의 벽을 넘었다.

그래서 송림에게 돌아가라 한 것이다.

광명도가 못내 가슴 아파한, 가장 아픈 손가락을 다시 원래 있던 곳으로 돌려보내려는 것이다.

그것이 이번 각성에 대한 홍원 나름의 배려였다.

'돌아가는 것은 어디까지나 본인 마음이지만.'

송림이 마음을 먹고 목이문으로 돌아간다면, 추방을 했다 하더라고 일단은 받아들여 줄 것이다.

자신이 보냈다고 하면, 그 정도 배려는 있을 것이라 생각했다.

목형욱과 자신의 관계를 생각한다면 말이다.

홍원은 해변을 한참 걸어 깎아지른 듯한 해안 절벽 아래에 적당한 동굴을 발견했다.

그곳에서 잠시 눈을 붙였다.

한편 송림은 홍원이 떠난 곳을 멍하니 바라보았다.

사흘 만에 나타나서 한다는 소리가 돌아가서 참회하라니.

개가 웃을 소리다.

"끄응."

그래도 일단 움직여야 했다. 단전의 상처 때문에 사흘간 이곳에 있었지만, 이제는 어느 정도 움직일 만했다.

내공이 사라진 무력감도 이제는 어느 정도 사라졌다.

수련을 게을리하지 않았기에, 몸에 붙어 있는 근육은 그대로였다.

통증을 참으며 움직였다.

송림이 가장 먼저 한 일은 사강도를 묻어주는 것이다.

이러니저러니 해도 송림에게는 은인이었다.

목이문을 떠나 중원에 들어온 자신을 받아준 이 아니던가. 십수 년을 함께 보낸 이였다.

그가 이렇게 허무하게 그 생을 다한 것은 안타까웠지만 죽림은 그 정도로 강했다.

자신이 이렇게 있는 것이 신기할 정도였다.

'숙조부.'

그분 덕일 것이다.

죽림의 입에서 숙조부의 존함이 나올 때마다 가슴 한구석이

시큰했다.

귀를 자르고 분노에 차 마을을 떠나는 자신을 마지막까지 잡은 분이다.

목령과는 언제고 다시 나올 테니 기다리라며, 자신이 반드시 네 것을 마련해 보겠다며 끝까지 손을 놓지 않으셨다.

기력이 쇠한 천신목이었기에, 그 언제가 언제냐며 울분에 찬 자신을 마지막까지 안으려 한 분.

목이문을 생각할 때면 단 하나, 마음에 걸리는 이였다.

그분이 이번에도 자신을 살렸다.

설마 죽림에게 그런 부탁을 하셨었다니.

'돌아갈까?'

문득 그런 생각이 들었다.

이렇게 되고 보니 너무나 지쳤다. 그리고 자신이 그렇게 집착했던 것이 다 무슨 소용인가 싶었다.

단전이 파괴되고 내공을 잃으니 아무것도 아닌 것을.

통증을 참고 움직여 겨우 사강도를 묻고 얕은 봉분을 만들어주었다.

해변이다 보니 언제 폭풍에 휩쓸려 사라질지 모를 일이지만, 림주와 송림 같은 살수들에게는 이것만 해도 감지덕지였다.

"킥. 림주, 그래도 은살림에서 무덤에 하나 가진 살수는 림주뿐이라오."

모두들 짐승의 먹이로 던져졌으리라.

중원에서 살수란 그런 존재이니.

나직한 웃음을 흘리니 그간 잊고 있었던 허기가 몰려왔다.

불길한 예감에 집에서 제법 떨어진 곳으로 배를 댔던 곳이다. 무공이 있을 때는 그리 먼 길이 아니었지만 지금은 제법 먼 길이었다.

송림이 뒤를 돌아보았다.

자신들이 타고 왔던 배가 여전히 그곳에 있었다.

그곳으로 가니 여전히 망태기에 물고기들이 있었다.

사강도가 어떻게 먹을까 하고 행복한 고민을 했던 물고기들이다.

하나 사흘이 지나니 곳곳이 썩어 있었다.

이미 파리와 구더기들의 식사가 되어버린 지 오래다.

"빌어먹게도 운이 좋던 날이었어."

저 월척들을 낚았던 때를 떠올렸다.

"저것들이 대흉의 전조임을 알았어야 했는데……."

알았다 한들 달라지는 것은 없었으리라.

죽림은 그런 범주를 아득히 뛰어넘는 이였으니까.

그래도 그런 아쉬움이 드는 것은 송림 또한 사람이기 때문이었다.

송림은 휘적휘적 걸음을 옮겼다.

제법 오래 걸어야 했지만 집으로 가야 했다. 그곳에 가야 먹을 것이 있으니.

이제 이곳 생활도 정리해야 한다는 생각을 하며, 어두운 밤

해변을 따라 걸음을 옮겼다.

　그가 지나간 자리에는 깊게 파인 그의 발자국만이 남아 있었다.

『홍원』 7권에 계속…

초대형 24시 만화방

신간 100%, 샤워실, 흡연실, 수면실(침대석), 커플석, 세탁기 완비

■ 시흥 정왕25시점 ■

경기 시흥시 정왕동 1742-13 미스터피자 건물 5층
031) 319-5629

■ 강북 노원역점 ■

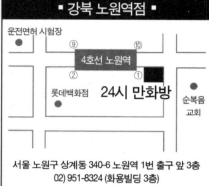

서울 노원구 상계동 340-6 노원역 1번 출구 앞 3층
02) 951-8324 (화용빌딩 3층)

■ 일산 정발산역점 ■

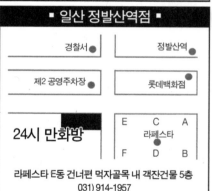

라페스타 E동 건너편 먹자골목 내 객잔건물 5층
031) 914-1957

■ 일산 화정역점 ■

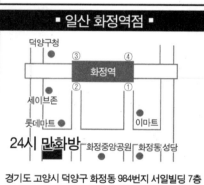

경기도 고양시 덕양구 화정동 984번지 서일빌딩 7층
031) 979-4874 (서일사우나 건물 7층)

■ 부천 역곡역점 ■

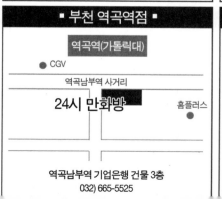

역곡남부역 기업은행 건물 3층
032) 665-5525

■ 부평역점 ■

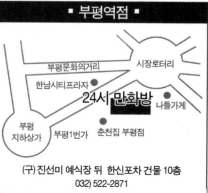

(구) 진선미 예식장 뒤 한신포차 건물 10층
032) 522-2871